좋은 사람 곁에 좋은 사람이 남는다

나는 도망치지 않기로 했다.

해결해야 할 일이 생기면 기꺼이 입을 뗄 것이고,

다가오지 않은 일에는 앞서 초조해하지 않으며,

어떠한 일이 닥쳐와도 이겨냈던

나의 능력을 믿어보기로 했다.

목차

2부　당신의 안부를 묻다

좋은 사람 곁에 좋은 사람이 남는다

좋은 사람이 되고 싶었다. 사랑받고 싶었기 때문이다. 노력했다. 좋은 사람이 되기 위해, 좋은 사람처럼 보이기 위해.

나를 아는 어느 누구에게 물어봐도 그는 나를 좋은 사람이라 얘기해 줄 거다. 나는 그에게 양보하고, 배려하고, 도와주는 모습으로 기억될 것이기 때문이다. 나는 좋은 사람이 되었다. 좋은 사람이라고 사람들에게 불렸으니까.

하지만 나는 스스로를 좋은 사람이라고 부르지 않았다. 그들에게는 좋은 사람이었겠지만, 나에게는 나쁜 사람과 다름없었기 때문이다. 나는 그동안 좋은 사람의 기준을 타인에게서 찾았다. 그들이 좋아하는 모습으로 행동하거나, 좋아하는 행동을 하기 위해 노력하는 것이 좋은 사람이 되는 과정이라고 믿었다.

아니었다. 좋은 사람이 되기 위한 기준은 스스로 정하는 것이었다. 자기 스스로에게 좋은 사람이 아니라면, 타인에게도 좋은 사람이 될 수 없다. 행복하지 않은 사람이 다른 누군가를 행복하게 하기 어려운 것처럼, 좋은 사람의 기준은 '나'에게서 출발해야 한다.

나는 다시 좋은 사람이 되기 위해 노력하고 있다. 내 마음을 돌보기 위해 내면에 귀 기울이고, 알아주고, 보듬는 시간을 수시로 갖는다. 이제는 외부가 아닌 내부에서 세상을 향해 꿈틀거리기 시작한다.

자신의 마음을 먼저 돌보는 이는 좋은 사람이다. 타인을 위해 자신이 낼 수 있는 마음 이상으로 애쓰지 않기 때문이다. 자신이 정한 한계 내에서 누군가와 마음을 나눈다면, 그보다 진실한 관계는 없을 것이다. 자기 자신에게 좋은 사람이 타인에게도 좋은 사람이 될 수 있다.

자신의 마음을 가까이하는 한 우리 모두는 좋은 사람이다. 좋은 사람 곁에 좋은 사람이 남는다. 이 책을 읽는, 나의 이야기를 바라보는 여러분 모두 좋은 사람이 되어가는 시간을 보내길 바란다.

2022년 1월
김수호 드림

1부

나를 담아내다

더는 도망치지 않기로 했다

도망치고 싶은 순간이 있다. 기대와는 달리 삶이 고단해질 때 그렇다. '도망'이라는 단어가 머릿속에 가득 차면 여행지에서의 하루를 상상한다. 월정리 해변의 노을 지는 하늘, 안압지의 야경, 담양 메타세쿼이아 길의 초록빛이 두 눈을 감은 내 앞에 펼쳐진다.

감았던 두 눈을 뜨면 나의 평화는 무참히 깨지고 만다. 현실의 중압감에 압도되는 까닭이다. 잔잔해졌던 감정은 격랑을 만난 것처럼 휩쓸린다. 도망을 유발한 최근의 사건은 과거의 비슷한 에피소드를 끄집어내며 더욱 격해진다. '나는 왜 이 모양일까?'라는 결론에 도달할 때까지 파도는 마음으로 거세게 밀려온다.

어디로도 도망칠 수 없었던 나는 나만의 방식을 찾았다. '회피'였다. 미룰 수 있을 때까지 최대한 미뤘다. 때로는 기한을 넘겨 그로 인해 생길 수 있는 여러 곤란한 상황을 떠올려보며 가슴을 졸이다가도, 운 좋게 넘어가는 순간에 안도하는 모습은 나에게 익숙하다. 다만 문제는 상황이 악화되어 불편해질 수 있는 누군가와 나 사이를 저울질하며 해야 할 말을 삼켜야만 할 때다.

초등학교 6학년, 단소가 준비물인 날이었다. 준비물을 잘 챙겨가는 편이었으므로 가방 안에는 단소가 들어있었다. 하지만 나는 음악 시간에 단소를 꺼내지 않았다. 선생님에게 집에 두고 왔다고 말했다. 연주가 서툰 내 모습에 실망할 친구들과 선생님을 보는 게 두려웠기 때문이다. 나는 그날 준비물을 가져오지 않았다는 이유로 선생님에게 혼이 났다. 억울한 마음이 들어 사실은 가방에 단소가 들어 있다고 말할까 하다가 이내 삼켰다. 거짓말 했다고 더 크게 혼날 것 같았기 때문이다.

귀엽게 봐줄 수 있었던 초등학교 시절과는 달리, 나이가 들수록 회피로 인한 더 많은 책임을 져야 했다. 마감 기한을 넘긴 일로 협력업체에 해명한 적도 있고, 괜찮겠지 하며 넘어갔던 일에 화를 내는 고객에게 재차 사과한 적도 있다. 확실하게 매듭짓지 못한 일은 생활 곳곳에서 나를 괴롭혔다. 평일에도, 주말에도, 일할 때도, 쉴 때도, 심지어 꿈에서조차 치근덕거렸다. 알고는 있었다. 회피하고 싶다는 생각이 드는 그 자리에서 바로 해결해야 탈이 적다는 것을. 그럼에도 반복했다. 회피는 어리고 연약한 나를 지켜주던 효과적인 방법이었으니까.

아빠는 안전에 관심이 많았다. 큰형을 비롯해 형제 중 일찍 돌아가신 분들이 있었기에 더 신경 쓴다는 걸 최근 알게 됐다. 그 사실을 몰랐던 어린 시절, 친구들과 차도에 나가 놀거나, 동네를 벗어나려 싶으면 아빠에게 혼이 났다. 큰 소리로 화내는 아빠 모습에 나는 그저 잘못했다고 말했다. 생각보다 안전하게 놀 때도, 어떻게 놀아야 안전한지 궁금할 때도 하고 싶은 말을 삼켰다. 내가 꺼내는 말이 결국 아빠의 화를 키울 것이고, 야단맞는 상황이 길어질 것이라고 판단했기 때문이다.

아빠가 화내는 모습이 떠오를수록 나의 말은 줄어들었다. 괜한 긴장을 만들 필요는 없었으니까. 그렇게 삼켰던 말들은 목이 메일만큼 쌓였다. 첫 직장에 취업했을 때도, 퇴사를 고민하던 때도, 대학원에 진학할 때에도 나는 혼자 결정했다. 이러한 시기들마다 겪었던, 어려운 상황들 또한 혼자 끙끙대며 해결했다. 나를 지키면서도 적절히 표현하는 방법을 알지 못했으니까.

도망치고 싶을 때, '도망치고 싶은 이유가 무엇일까?' 라고 스스로에게 물으며 도망을 유발하는 상황에 가까이 다가설수록 일은 수월하게 풀린다. 우리는 일상에서 영원히 도망칠 수 없다. 잠시 벗어날 수는 있겠지만, 부메랑처럼 되돌아오는 거센 상황에 결국 호되게 당하고 말 것이다. 물러서지 않고, 불편해질 수 있는 관계를 감내하며, 하고 싶은 말을 기꺼이 꺼내게 됐을 때, 나는 점차 현실의 무게를 견뎌내기 시작했다.

이러한 변화는 어린 나와 만나는 데에서 시작됐다. 말하지 못한 건 어린 나의 잘못이 아니었다. 일부러 말하지 않은 게 아니었으며, 나를 지키는 최선의 방법이라고 생각했었으니까. 어른이가 된 나는 도망치고 싶은 순간들에 맞서며 어린이가 느꼈을 수치심과 불안감, 억울함에 대해 비로소 이해하게 됐다.

어른이가 된 나는 어린이였던 나에게 말한다.

"단소 소리 내는 게 어렵고, 친구들과 선생님께 부족

한 실력이 알려지는 게 부끄러워 가방에서 꺼내지 않았구나. 괜찮아. 단소 좀 못 불면 어때."

"아빠에게 하고 싶은 말이 있었는데, 하지 못해 속상했겠구나. 위험하게 놀려고 일부러 그랬던 건 아닐 텐데. 친구들과 어울리다 보니 그런 상황이 됐던 것뿐인데."

어른이의 말을 들은 어린이는 용기 내어 속삭인다.

"선생님, 단소 소리 내는 게 어려운데 다시 알려주실수 있어요?"

"아빠, 친구들과 어울리다 보니 조금 위험하게 놀았는데 다시는 안 그럴게요. 그런데 어디까지가 위험하게 노는 거예요?"

나는 도망치지 않기로 했다. 해결해야 할 일이 생기면 기꺼이 입을 뗄 것이고, 다가오지 않은 일에는 앞서 초조해하지 않으며, 어떠한 일이 닥쳐와도 이겨냈던 나의 능력을 믿어보기로 했다.

내쉬는 숨이 달콤하다. 미소가 절로 지어진다. 잔잔한 호수 같은 여유가 마음으로 다가온다. 일생의 크나큰 일을 앞두고 있지만, 걱정되지 않는다. 다소 벅찰지라도 기어이 매듭지으며 힘차게 살아갈 테니까. 늘 그래 왔던 것처럼, 나는.

괜찮다고 속삭여 보자

"괜찮아."라는 말에 목마를 때가 있었다. 불안감이 가장 큰 이유였다. 불안은 불안을 유발한 상황에서 시작해 삶 전반에 영향력을 행사한다. 유독 일을 하면서 그랬다. 처음에는 단순히 '어떡하지?'라는 생각에서 출발한 불안은 그 일을 망친 후 누군가에게 손가락질받으며 좌절하는 상상으로 번져갔다.

업무 특성상 안내 메시지를 보내는 일이 많았다. 일관된 내용으로 보낼 수 있었다면 좋았으련만, 사람 사이에서 일어나는 상황은 결코 같을 수 없으므로, 보내는 내용 또한 매번 달라질 수밖에 없었다. 받는 사람의 입장을 아무리 고려해도 글이란 기본적으로 오해를 낳기 마련이다. 해석하기에 따라 의미가 달라질 수 있기 때문이다. '실수하지는 않았을까?' 메시지 전송 후 두세 번씩 검토하기도 하고, 직접 통화하며 내용을 설명하기도 했다. 필요 이상으로 민감하다는 걸 알면서도 멈출 수 없었다. 안내 문자를 보내는 6개월 동안 실수하거나 오해의 여지가 있었던 건 아니다. 다만, 실수하는 상황이 생길까 불안했을 뿐이다.

삶에서 겪은 대부분의 불안은 시간이 지나며 나아졌다. 내가 상상한 만큼의 상황은 일어나지 않았으니까. 하지만 쌓이고 쌓인 불안이 넘쳐흐른 적이 있었다. 일과 대학원 공부를 병행할 때였다. 두 가지 역할을 소화하기 위해 끼니를 거르는 경우가 부지기수였고, 늦은 밤까지 컴퓨터 앞에 앉아 스스로 닦달하며 업무와 과제를 쥐어짜듯 처리하는 날이 이어졌다. 어느 점심시간이었다. 식당에서 주문을 마치고 동료들과 앉아있는데 갑자기 가슴이 답답해졌다. 동료들의 목소리가 귀에서 겉돌고, 숨이 잘 쉬어지지 않았다. 크게 호흡하며 숨을 고르려고 해도 좀처럼 되지 않았다. '이대로 쓰려져도 이상하지 않겠다.'라는 생각에 이르렀을 때부터는 겁이 나기 시작했다. 가벼운 불안을 넘어 죽음에 대한 공포가 눈앞에 드리웠다. 당황이 빚어낸 비명은 사람들에게 전해지지 않았고, 나는 앉은 자리에서 서서히 무너져가고 있었다.

라면이 불 때까지 몇 입 먹지 못했다. 나의 눈은 초점을 잃은 채 바닥에 쓰러진 이후의 상황을 쳐다보고 있었다. 동료들은 나를 아랑곳하지 않고 대화를 이어갔다. 전혀 눈치채지 못한 듯했다. 식사를 마칠 때즈음 상태는 나아졌다. 몸을 움직이거나 호흡하는 데에 무리가 없었으니까. 하지만 언제 다시 비슷한 상황을 겪게 될지 모른다는 두려움이 마음속 깊이 자리 잡았다. 그 증상은 공황발작에 가까웠다. 심장이 세차게 뛰고, 숨이 멎을 것 같았으며, 다른 세상에 와 있는 듯한 이질감과 죽을 수도 있겠다는 공포감을 함께 느꼈다. 당시의 나는 스스로를 벼랑 끝으로 내몰고 있었다. 일을 하다 보면 누구나 실수를 경험하게 되지만, 실수를 발견한 순간의 나를 마주할 자신은 없었다. '실수해서는 안 된다.'는 생각으로 조일대로 조인 나사를 양손으로 힘껏 돌리고, 악을 쓰며 돌리고, 눈물을 훔치며 다시 돌렸다.

알아주는 시간이 필요했다. 불안감을 느낄 때, 불안에서 벗어나기 위해 발버둥 치기 이전에 불안을 느낄 수밖에 없었던 나만의 사연에 관심을 기울여야 했다. 내가 불안해하는 데에는 그만한 이유가 있었다. 불안은 결코 불필요하게 나를 찾아오지 않았다. 가까운 친구가 불안감을 느낄 때 그만의 사정을 알아주려 노력하는 것만으로도 불안이 낮아지듯, 나에게는 나를 향한 따스한 시선과 부드러운 목소리가 필요했다.

20대의 대부분을 불안에 떨며 보냈다. 다시 돌아오지 않을 생의 반짝이는 시간을 마음 졸이며 떠나보냈다. 돌이켜보는 나에게 남은 건 후회뿐이다. 실수할까 봐 겁내지 않고 주어지는 선택의 순간에서 더 솔직했다면 지금 내 삶은 어떻게 변해있을까. 어쩌면 내가 바라는 모습에 조금은 더 가까이 다가서 있지 않을까.

만약 그때, 그날에, 그 순간에 마음을 억누르는 일들에서 한 뼘 더 자유로웠더라면. 마감을 2주 앞둔 과제에 대한 고민으로 가슴 졸이던 한강에서. 내일 출근해야 한다는 생각으로 아쉬움을 누르며 집으로 향하던 너와의 시간에서. 글을 계속 쓰고 싶었으나 다시 겪게 될지도 모르는 취업난을 걱정하며 포기했던 절망의 틈 속에서.

요즘의 나는 달라졌다. 불안감이 찾아오면 "괜찮을 거야."라고 스스로에게 말한다. 그래도 불안감이 가라앉지 않으면 다시 한번 "괜찮을 거야."라고 말한다. '불안한

이유를 곰곰이 생각해봤는데 그건 너의 염려일 뿐이야.'
를 마음에 담은 채로. 다가올지, 다가오지 않을지 모르
는 상황을 불안해하며 제자리에 멈춰 서서 보내기에 젊
음은 다시 주어지지 않을 소중한 시간이니까. 같은 자리
에 여러 번 발을 디딜지라도, 지저분하게 남은 발자국이
때로는 부끄러울지라도 기어코 발을 떼어보기로 했다.
너저분한 흔적 위에 찍힌 발자국 하나가 불안함이 만들
어낸 많은 자국 위에 선명하게 남아 '어떡하지?'로 움츠
렸던 시간을 감싸 안아줄 테니까. 위로할 테니까.

　아무도, 그 누구도 우리가 원하는 형태의 손길을 내어
주지는 않는다. 누군가가 나에게 도움을 주면 좋겠다는
기대가 있음을 생각하며, 왼손과 오른손을 맞잡으며 스스
로에게 필요한 마음을 내어보자. 위로를 누군가에게 받아
야만 되는 수동적인 것으로 여기지 말자. "괜찮을 거야."
를 외치며 스스로를 다독여보는 거다.

나는 그저 '나'일 뿐이다

사람의 기억은 점차 희미해진다. 소중한 경험이었을 지라도 시간이 지날수록 생생함은 떨어지기 마련이다. 잊지 않기 위해, 우리는 기록한다. 요즘에는 자신의 일상을 동영상으로 남기는 사람이 많다. 몇몇 SNS만 살펴 봐도 금세 확인할 수 있다.

동영상이나 사진이 삶의 한순간을 기록하기에 좋은 도구임은 틀림없지만 나는 손편지를 좋아한다. 손으로 눌러쓴 편지는 보여주지 못한, 진실한 마음을 상대방에게 전한다. 특히, 시간이 흐른 뒤 편지를 다시 읽을 때면 파노라마처럼 그 사람과의 추억이 떠오른다. 이따금 작은 탄식과 눈물도 자아낼 만큼, 선명하게.

책상 왼쪽을 받치고 있는 철제서랍. 위에서 세 번째에 위치한 녹슨 손잡이를 잡아당겼다. 그곳에는 첫 직장 후배들에게 받았던 수십 통의 편지가 보관되어 있다. 서랍을 정리하다 발견한 그 편지들을 조심스레 하나씩 꺼내 보았다.

첫 직장에 다닐 때였다. 퇴사자가 생길 때마다 새로 입사한 후배들이 빠르게 선배와 동료들의 빈자리를 채워나갔다. 당시 나는 선배로서의 태도에 대해 고민하고 있었고, 연차가 쌓일수록 고민의 시간이 늘어갔다. 특히 후배들의 적응에 관심 갖고, 그들의 경험을 듣다 보니 저마다 겪는 어려움이 다르다는 사실을 깨달았다. 같은 조직이라 비슷한 듯 보였지만, 그들의 고민은 서로 달랐다.

후배들의 고민을 덜어주기 위해 내가 했던 첫 번째 행동은 '듣기'였다. 한 후배는 선배의 언행에 대한 불만을 말했고, 다른 후배는 업무 환경에 대한 어려움을 토로했고, 또 다른 후배는 상사들에게 인정받고 싶다는 속내를 내비치기도 했다. 듣기에 있어 중요한 원칙 중 하나는 비밀 보장이다. 후배가 비밀이라고 말하거나, 비밀이어야 할 내용이라면 누구에게도 후배의 고민을 말하지 않았다.

두 번째 행동은 '함께 고민하기'였다. 선배 역할에 대해 깊이 고민하던 때는 갓 선임이 된 시기였다. 위에서 아래로 누르는 '상사'라는 무게와 아래에서 바닥으로 늘어지는 '후배'라는 그림자 사이에서 방황하기도 했지만, 함께 고민하는 시간 자체가 후배들에게 도움이 될 수 있음을 그들과의 대화를 통해 알게 되었다. 후배들의 입장에서 이야기를 듣고, 해결점을 같이 고민하되, 가끔은 상사나 조직의 견해를 후배들에게 들려주기도 했다. 후배가 부서를 옮기고 싶어 한다는 이야기를 사전 동의하에 상사에게 전달하기도 했고, 한 후배가 불편해하는 다른 후배의 행동이 드러났을 때 "누군가는 그렇게 생각할 수도 있겠다."고 에둘러 이야기함으로써 문제를 해결하려고도 했다.

세 번째는 '기억하기'이다. 개인의 노력만으로는 당장 해결하기 어려운 고민도 있다. 이런 경우에는 후배가 어떤 고민을 하고 있었는지 기억해두는 게 도움이 된다. 고민을 해결할 수 있는 단서가 내 앞에 우연히 나타날 수도 있고, 직장 생활 내내 이어지는 고민이 될 수도 있기에 기억해두면 그들의 고민을 수시로 나누며 도움을 줄 수 있다. 이처럼 바람직한 선배가 되기 위해 애쓴 덕분일까. 국어선생님이 꿈이었던 후배, 한식을 유독 좋아했던 후배, 종이인형이라는 별명을 가졌던 후배, 퇴사한다며 자신이 좋아하는 작가의 책을 선물한 후배. 그들이 남긴 편지 속 정성스러운 문장들이 나의 마음으로 다가온다.

그들에게 받았던 손편지를 읽다 보니 문득 그 시절의 내 모습이 떠올랐다. 나는 업무와 관련된 것이라면 그게 무엇이든 최선을 다했다. 스스로에게는 지독하게 야박하고 무심했지만, 내게 다가오는 일과 사람을 좋아했다. 좋은 사람이 되고 싶기도 했지만, 좋은 사람처럼 보이고 싶은 마음이 더 컸다. 그랬기에 동료들에게 보이는 이미지에 마음 쓰며 회사 생활을 이어나갔다. 후배들이 털어놓은 저마다의 고민과 감출 수밖에 없었던 나의 고민이 함께 밀려와 온몸을 집어삼킬 것처럼 포효해도, 묵묵히 가고자 하는 길을 걸어갔다. 이러한 나의 노력은 그들이 남긴 손편지에 고스란히 담겨 있다.

자신의 팀 선임에게는 비밀이라며 나를 가장 좋아하고 존경한다던 후배 A, 언제나 진심으로 대할 줄 아는 멋진 사람이라던 후배 B, 아무런 색도 무늬도 없던 자신의 삶에서 한 가지 방향을 그려주는 듯하다던 후배 C.

이외에도 적지 못한 후배들의 손편지를 소중히 간직하고 있다. 되돌아오지 않을 그들과의 추억은 떠올려보는 것만으로도 감사하다. 한 시절을 함께 보낸, 흔들리며 나아가던 내가 잠재력을 마음껏 발휘할 수 있도록 믿어주던 이들이었으니까. 하지만 그들이 동경하던 모습은 나의 과거이자 한 때이다. 감정을 절제하며 옳은 길로만 나아가려 했던 그때의 모습은 재연할 용기도, 자신도 없다.

"알게 됐으니, 나는 다시 오늘에 집중하며 살아가려고 한다."

나는 단지 찾아오는 순간마다 드러나는 모습 그대로 살아가고 싶다. 어제의 내가 어떠했든, 내일의 내가 어떻게 변하든 지금 여기에 충실하고 싶다. '나'라고 여겨지는 과거의 내 모습으로는 오늘의 나를 설명할 수 없다. 후배들이 기억하는 내 모습처럼, 굳어진 의미와 형태에 나를 끼워 맞출 수 없기 때문이다.

변하고 있다. 매일, 조금씩. 나는 그저 '나'이기에 과거는 과거에 두고, 이 순간을 나답게 살아가려고 한다. 자연스러운 내가 되어 숨 쉬는 이 시간, 오늘의 나를 만나는 사람이라면 나의 진실한 마음과 만날 수 있지 않을까. 그렇다면 그 사람은 나에 대해 어떻게 느낄까. 차분히, 차근히 물어봐야겠다.

　점심시간을 이용해 학생회관 앞 벤치에 앉았다. 햇살 머금은 나뭇잎들이 눈에 들어온다. 지금까지는 나뭇잎들을 보며 해야 할 일, 하고 난 일, 하고 있는 일을 주로 떠올렸는데. 반짝이는 나뭇잎들과 나를 둘러싼 모든 일은 아무런 관련이 없음을, 마주 오는 바람에 몸을 살랑거리다 비로소 깨달았다. 맞다. 일은 일이고, 나뭇잎은 나뭇잎이고, 나는 나다. 나는 그저, 나일 뿐이다.

세상과 멀어져 자연에 가까워질수록
시간은 더디게 흘러간다.

타인과 세상의 시선을 사라지고
오직 '나'만이 남는다.

가빠오는 호흡
저벅거리는 발소리
차오르는 땀
타는 듯한 갈증은
걷는 나에게 살아있음을 일깨워 준다.
걸을수록 나로 채워지는 기분이다.

그렇기에 나는 오늘도 걷고, 또 걷는다.

마음속 돌담을 허물고 '나답게'

내 여권에 찍힌 나라는 베트남과 일본뿐이다. 떠나는 것을 두려워하기 때문이다. 여행지에서 겪게 될 시행착오들을 상상하면 불안감이 엄습한다. 지갑이나 여권을 잃어버린다거나, 나쁜 의도를 가진 사람을 만나게 되는 건 아닌지 하는 생각들은 여행을 포기하게 만드는 아픈 주문이다. 그렇기에 여권에 찍힌 나라 중 먼저 다녀왔던 일본에 가기까지는 큰 용기가 필요했다.

여행 2일 차였다. 인터넷을 검색하던 도중 인근에서 열리는 축제를 알게 됐다. 조명을 이용한 전시뿐만 아니라 공연까지 보여주는 축제였다. 고민했다. 계획에 없던 일정이었기 때문이다. 축제 현장에 가는 길을 현지에서 찾아보는 것 또한 아찔했지만, 그곳에서 숙소까지 돌아오는 길은 상상하는 것만으로도 눈앞이 캄캄해졌다.

그때는 이직에 대한 생각으로 답답하던 시기였다. 나는 사회복지사로서 두 번째 직장에 근무하고 있었다. 사람들과 어울리고 함께 활동하는 게 좋아 선택한 사회복지사라는 직업은 나를 만족시키기 못했다. 사람들 틈에서 나를 지키는 방법을 몰랐기 때문이다. 하지만 3년 동안 근무한 회사를 그만둔다는 것은 더 큰 위험을 무릅쓰는 일처럼 느껴졌다.

평일이면 몸은 회사를 향했지만 마음은 다른 곳을 바라보고 있었다. '6년이라는 경력이 다른 직업을 구하기에는 어렵고, 사회복지 분야에서 계속 근무할 거라면 나쁘지 않은 조건이다.'라는 생각이 현실적이었지만 와 닿지는 않았다. 죽어가고 있었다. 외투에 달린 단추처럼 '일상'이라는 홈에 스스로를 맞추어가며 살아갔으니까. 그렇게 나는 도망치듯 서울을 떠나왔다. 스페이스 바를 누를수록 늘어나는 여백만큼 일상에도 여유가 생기기를 기대하며.

반발심 때문이었을까. 나는 "갔다가 길이라도 잃어버

리면 어쩌려고 그래.”라고 말하고서 “지금 아니면 또 언제 그곳을 가보겠어?”라는 말을 덧붙였다. 신기했다. 서울을 벗어나는 것조차 겁내던 내가 낯선 일본에서 모험을 감행한다니. 길을 잃어버리거나, 늦은 밤거리를 헤매다가 숙소로 돌아가지 못할 수도 있는데.

철두철미한 계획안에서만 움직이던 내가 기어코 사고를 쳤다. 축제 장소로 향하는 버스에 올랐다. 두근거렸다. 내리는 정류장의 이름만 알뿐 버스가 어디로 향하는지, 어디를 지나치는지는 알지 못했기 때문이다. 돌이켜보면 ‘안전제일’은 내 삶에 있어 부적과도 같은 말이었다. 나는 안전을 위협받는다고 느낄 때 ‘돌담’이라는 경계 안에서 스스로를 철저히 고립시켰다. 그런 돌담에 균열이 생기고 경계가 느슨해지기 시작한 걸까. 하지만 고민은 오래가지 못했다. 버스를 잘못 탔기 때문이었다.

나는 그동안 나를 보호하기 위해 돌담이라는 스스로의 경계를 만들고, 그 안에서 대부분의 행동을 결정했다.

버스가 반대 방향으로 가고 있다는 걸 두어 정거장이 지나고서 알게 됐다. 낯익은 공원이 눈에 띄었고, 그 공원은 분명 점심식사 전에 들렀던 곳이었다. 내려야 했다. 하차 벨을 다급하게 누르던 손에서 땀이 새어 나오는 걸 느꼈다. 버스가 멈추고 뒷문이 열렸다. 생전 처음 보는 풍경에 지명조차 모르는 정류장에 내리던 그 순간, 돌담이 내 앞에 나타났다.

　압도되는 느낌을 받았다. 장엄했기 때문이다. 돌담은 끝이 보이지 않을 만큼 길게 세워져 있었다. 높이는 까치발을 들면 보일 정도였지만, 돌담 너머를 확인할 용기는 나지 않았다. 나는 오르지 못할 장벽과 마주한듯 돌담까지 한 걸음을 앞두고 가만히 올려다보았다.

　얼마나 그 자리에 머물렀을까. 불어오는 찬 바람에 정신을 차렸다. 핸드폰으로 지도를 찾아보니 축제 장소로 가려면 길 건너편에서 버스를 타야 했다. 그러나 지도에 정류장이 정확하게 표시되지 않은 탓에 한 시간을 헤맸으며, 다음 정류장으로 추정되는 곳까지 걸어간 뒤에야 다시 버스에 오를 수 있었다.

　길을 찾아야 한다는 생각만 했다. 이직에 대한 고민은 떠올릴 틈이 없었다. 축제를 구경하고 어떻게 숙소로 돌아갈 것인지, 저녁은 어디에서 무엇을 먹을 것인지도 생각하지 못했다. 살고 싶었다. 어쩌면 누군가는 '살고 싶었다.'는 표현을 보고 코웃음 칠지도 모르겠다. 고작 길 한 번 잃은 경험으로 살고 싶었다고 말한다니.

길을 잃어보니 선명해지는 게 있었다. 모든 감각을 나에게 집중해서였을까. 돌담 밖에서 나를 기다리는 것이 무엇이었는지 비로소 알게 되었다.

돌담 너머에는 세상과 부딪치며 성장한 내가 있었다. 돌담 안과 밖은 모두 나였다. 나는 다만 변화한 내 모습을 받아들일 준비가 되어있지 않았다. 새로운 사람을 알아가는 걸 좋아한다. 낯선 길을 걷는 걸 즐거워한다. 처음 보는 음식을 먹어보는 걸 설레어한다. 그렇다. 나는 이미 되어있었다. 그토록 바라던 모습으로.

새로운 사람들을 만나고, 낯선 길을 찾아서 걷고, 처음 보는 음식을 거리낌 없이 입에 넣는다. 낯선 경험이라는 자극 앞에서도 기꺼이 경험하는 나는 이미 내가 원하는 모습으로 살아가고 있었다.

낯선 경험은 내가 누구인지 확인하는 기회를 준다. 시도하지 않으면 모른다. 정체되어 있다고 느껴진다면 변화한 자신을 확인할 준비가 되었다는 뜻이기도 하다. 불안감을 일으키는 경험들을 외면하지 않기로 했다. 이직에 대한 고민뿐만 아니라 일상을 살아가며 갖게 되는 수많은 고민을 현명하게 해결할 능력이 나에게 이미 있으니까.

'나'라고 여기는 모습에서 한 걸음 더 나아가며 확인할 수 있었다. 돌담은 다른 누군가가 아닌 내가 스스로 세워둔 것이었다. 스스로의 힘으로 돌담을 허무는 순간, 한껏 성장한 나를 만날 수 있었다.

결코 변하지 않는 사실이 있다. 언제 어디서든 어떤 모습으로 어떻게 살아가든 나는 나이다.

그해, 연말이었다. 발끝이 시린 게 느껴졌다. 달아오른 얼굴로 발길을 재촉하는 사람들이 보였다. 햇살은 점차 지면으로 번지고 있었다. 낮이 무르익었기 때문이었다. 그늘이 사라진 정류장에는 나의 숨소리가 들어찼다. 살아있었다. 낯선 정류장에서 버스를 기다리던 나는, 그 어떤 순간보다 생생하게.

선택은 활시위를 떠나는 화살처럼

선택의 갈림길이 있다. 어느 곳으로 나아가도 후회할 것만 같은 지점 한가운데에 서 있다. 이정표는 가야 할 방향만 알려줄 뿐, 길 너머의 상황은 설명하지 않는다. 선 자리에서 손깍지를 껴 보기도 하고, 쪼그려 앉아 선택한 길을 걷고 있는 나를 상상해보아도 느껴지는 거라곤 콩닥거리는 마음뿐이다.

인생은 선택의 연속이라는 말이 있듯 우리는 매 순간 갈림길 위에 놓인다. 낯익은 지명의 푯말을 발견할지라도 안도감을 느끼긴 어렵다. 길 위에 서는 우리는 매 순간 달라져 있기 때문이다. 결정을 내리는 시점은 동일하지 않다. 선택하는 데에 바탕이 되는 한 사람의 기준이

나를 담아내다

나 조건은 시간에 따라 달라지기 마련이다. 어제 걸었던 길이라 할지라도 오늘 그 길을 걷는 우리는 새로운 마음일 수밖에 없다.

첫 번째 퇴사와 두 번째 퇴사는 달랐다. 첫 직장에서는 퇴사를 결심하고 상사에게 보고한 뒤 번복했다. 상사의 설득이 주된 이유였지만, 일주일간 휴가를 다녀오니 더 일해 볼 수 있을 것 같았다. 하지만 내 생각은 착각에 불과했다. 업무 환경은 변하지 않았고 바뀐 게 있다면 휴가를 통해 돌아온 나의 체력이었다. 현장 업무는 어김없이 반복됐다. 결국, 퇴사를 선택했던 결정적인 이유를 6개월이나 더 경험하고서야 비로소 그만둘 수 있었다. 하고 싶은 일을 찾고 싶었다. 이십 대 후반이었던 만큼 두 번째로 갖는 직업은 은퇴할 때까지 열정을 쏟을 수 있는 일이기를 바랐다. 줄어드는 통장잔고와 늘어가는 경력 단절 기간으로 불안한 시간을 보내던 나는 기대했던 것과는 다르게 유사한 직종에 다시 취업하고 말았다.

두 번째 직장에서는 어떠했을까. 쏙 빼닮은 업무 환경으로 입사한 지 6개월 만에 퇴사를 결심했다. 이전 경험을 교훈 삼아 그만둔다고 말할 때 상사가 납득할 만한 이유를 미리 준비해 보고했다. 그러나 상사의 현실적인 조언에 '적응하기 위해 다시 노력해야겠다.'는 생각이 들었다. 작가가 되고 싶다는 나의 말에 평일 저녁이나 주말에 틈틈이 글을 쓰며 직장 생활과 병행하는 것이 어떻겠냐는 상사의 말은 분명 일리가 있었다. 직장이라는 울타리를 무작정 벗어나기에 작가라는 직업은 안정적이지 않으니까. 근무시간에는 직장인으로, 퇴근 후에는 글을 쓰는 삶을 2년 동안 견디고 난 뒤에 비로소 그만둘 수 있었다. 친구들을 만나거나, 잠을 자거나, 밥을 먹거나 하는 시간을 줄여가며 두 가지 일을 병행했다. 열심히 살았던 그때의 시간을 돌아보면 성취감보다는 괴로움이 앞선다. 직장인으로서의 삶도, 작가로서의 삶도 포기하지 못한 까닭에 두 가지 모두 끌어안고 살아갔기 때문이다. 갈림길 앞에서 연신 발자국을 찍어대지만 어느 한 길로도 나아가지 못하는 모습이 연상될 만큼.

선택에는 습관, 가치관, 관계처럼 다양한 요소가 작용한다. 돌이켜보면 한 번의 선택이 내 삶에 끼친 영향을 살펴볼 수는 있지만, 선택한 당시에는 그 선택으로 말미암아 나에게 어떤 미래가 닥쳐올지는 예측하기 어렵다. 우리가 선택을 망설이게 되는 이유이기도 하다. 선택은 과연 우리를 어떤 곳으로 인도할까. 그 선택의 끝에는 우리가 기대했던 시간이 기다릴까, 아니면 후회와 절망으로 가득한 시간이 기다릴까.

두 번째 퇴사를 기어코 실행으로 옮길 수 있었던 데에는 상담사로서의 길을 걸어보고 싶다는 기대가 있었다. 대학원에 합격했다는 전화를 받고 한 달간 상황을 지켜보다가 그만두겠다고 상사에게 말했다. 원래 계획대로라면 대학원을 진학한 이후의 먹고 살길이 분명했어야 했다. 앞날이 걱정되어 전업 작가의 꿈을 포기했으니까. 하지만 선택이 더 늦어지면 다시는 해보고 싶은 일을 못할 수도 있겠다는 생각이 나날이 커졌다. 나이나 경력이 쌓일수록 직업을 바꾸는 데에는 위험이 따르기 마련이다. 직장에 불만을 품고 있지만 나이나 경력, 조건 등의 이유로 이직을 포기한 선배들은 '배운 게 도둑질'이라는 표현을 즐겨 사용했다. 나도 그들처럼 꿈을 포기한 채 현실에 맞추어가며 살아가게 되는 건 아닌지 겁이 났다. 또한 후배들에게 배운 게 도둑질이라는 같은 표현을 쓰며 현실을 쫓으라고 말하게 되는 건 아닌지 두려웠다. 그렇게, 나로서는 일생일대의 선택을 과감하게 저지르고야 말았다.

상담 대학원에 들어가기로 한 시점에서 오늘에 이르기까지 나는 숱한 변화를 거쳤다. 서른두 살의 나이로 직업과 경력을 포기하는 데 따른 심한 불안을 느꼈고, 상담 공부를 통해 억누르고 부인해오던 감정들과 만났으며, 5년 동안 써온 글이 한데 모여 책이 되는 특별한 경험도 했다. 직장을 그만두고 상담을 배우기 시작하면서 좋은 일만 있었다고는 할 수 없지만, 그동안 나에 대해 알고 있었던 것보다 대학원에 진학하고 보낸 2년이라는 시간 동안 알게 된 내가 더욱 진하고 선명하다. 단순히 성향이나 선호를 이해하는 것에 그치지 않고, 표현하는 걸 어려워하던 내가 낯선 사람들 앞에서도 마냥 불편해하지 않으며 하고 싶은 말을 꺼내게 된 데에는 거듭된 선택, 물러서지 않는 용기가 있기에 가능했다. 물론, 그 선택에는 실수나 실패가 빈번했지만 시도했던 경험들이 차곡히 쌓여 선택의 순간이 다가올 때마다 자신 있게 뛰어들 수 있게 됐다.

활시위를 당기고 있는 양궁선수들을 떠올려보자. 선수들은 순서에 따라 지정된 위치에 서서 과녁을 향해 활시위를 당긴다. 호흡을 가다듬고, 표적에서 시선을 떼지 않고, 바람을 느끼며 멈춰 선 선수들의 모습은 선택 앞에 놓인 나와 닮았다. 멀찍이 보이는 노란색 점을 향해 온 집중을 다 하는, 선수들은 그저 활시위에서 튕겨 나가는 한 발, 한 발의 화살에 최선을 다한다. 결코 점수를 미리 계산하는 것처럼 보이지 않으며, 낮은 점수가 나오는 상황을 미리 생각하는 것처럼 보이지도 않는다.

마음의 준비가 된 일이라면 때로는 팽팽해진 활시위를 과감하게 놓는 용기가 필요하다. 팔이 떨어지게 붙들고 있는다고 해결될 일이었다면 애초에 고민을 시작하지 않았을지도 모른다. 과녁을 향해 날아가는 화살이 의도한 대로 날아갈지 확신이 서지 않기 때문이라면 한 번쯤은 자신을 믿어보자. 노란 지점에 들어가도록 조준하기까지 이미 자세나 날씨, 컨디션 등을 충분히 고려했으니까.

'만약에'라는 표현을 그다지 좋아하지 않는다. '만약'은 우리에게 부푼 기대감을 심어주지만, 인생에 만약은 없다. 내년이면 어느덧 서른다섯 살이 된다. 주변의 시선이 취업, 결혼으로 모인다. 안 그래도 미래를 걱정하는 나에게 이들의 시선은 자책으로 이어진다. 하지만 이제 나는 안다. 인생에는 선택이 따르며, 그 선택에 대한 책임은 스스로 져야 한다는 사실을.

양궁에서 선수만큼의 전문가가 없듯, 우리의 삶에는 자기 자신만큼의 전문가는 없다. 한 번밖에 살 수 없는 게 인생이라면 타인의 시선을 의식하기보다는 자신에게 익숙하고 편안한 호흡과 자세로, 느껴지는 날씨를 발판 삼아 선택이라는 과녁을 향해 힘껏 화살을 쏘아보는 건 어떨까. 한 발을 쏜 뒤에도 화살 통에는 여전히 쏠 수 있는 화살이 여러 발 남아있다는 사실이 어쩌면 누군가의 조언보다 더 큰 위로가 될지도 모르겠다.

이제야 '나'를 만났다

———————————

돌아갈 곳이 있다는 사실은 삶에 위안을 준다. 노력한
만큼 좋은 성적을 받지 못했더라도, 상사에게 꾸지람을
받았더라도, 친구의 직설적인 말에 상처를 받았더라도
우리를 변함없이 반겨주는 곳이 있다. 울고 있던 우리를
따스하게 안아주던 부모님의 품처럼, 일상이 버겁고 괴
로울 때마다 떠오르는 공간이 누구에게나 있다.

사람들에게 고민을 잘 털어놓지 못하던 나는 사람보
다 공간에 대한 애틋한 기억이 많다. 대학생이 될 때까
지 방이 없던 나에게 안전한 공간은 이불 속과 화장실
이었다. 거실에서 생활했던 내가 가족을 포함하여 타인,
세상과 분리되는 유일한 곳이었다. 이불 속에서 손등으

로 훔친 눈물, 화장실에서 흐르는 온수와 함께 떠내려
보낸 눈물을 합치면 족욕을 거뜬히 해낼 수 있지 않을
까.

첫 직장에 들어간 이후로는 거리 곳곳이 나에게 평안
한 장소가 되어주었다. 버스에서 보면 평범해 보이던 도
심 속 길도, 걸을 때면 오직 나를 위한 무대가 되어주었
다. 길 위에서 나는 상처 받았고, 두렵고, 외롭고, 서러웠
던 마음과 만날 수 있었다. 걸을수록 차오르던 내 안의
모습은 힘겹게 버텨가던 일상을 위로해줬다.

두 번째 직장에 들어갈 즈음부터는 카페를 다니기 시
작했다. 사람이 드물고 조명이 예쁜 카페라면 어디든 좋
았다. 따뜻한 음료 한 잔을 시켜두고 좋아하는 음악을
듣다 보면 사뭇 진지해졌다. 한 시간 남짓한 시간을 머
물며 눈을 감기도 하고, 귓가에 흘러나오는 음악에 몸을
맡기기도 하고, 편안하게 호흡하는 사이 나는 나에게 빠
져들었다.

**카페에 간다. 자주 가는 카페가 주는 고요에 차분해진
나는 눈을 감는다. 억눌렀던 마음이 몸으로 전해진다.
떨리는 손끝이, 두근거리는 심장이, 지끈거리는 머리가**

느껴진다. 호흡을 통해 대화를 시도한다. 들이쉬는 숨에 '힘들었구나.', '괴로웠구나.'라는 말이, 나가는 숨에 '괜찮아.', '좋아질 거야.'라는 말이 다가온다. 내면의 말들을 곱씹으며 카페에 앉아있는 나는 그 순간의 '나'로서 온전함을 경험한다. 혼자 앉아 있다는 사실도, 누군가가 나를 쳐다볼 수 있다는 사실도 잊은 채 울고 웃는다.

불과 몇 달 전까지만 해도 부모님께 받지 못한 사랑을 갈구했다. 부모님의 입장에서는 관심의 표현이었을지 모르지만, 나에게는 따라야 하는 규칙과 다름없었다. 상담을 배우며 부모들의 양육 방식에는 그들이 살아온 삶과 살지 못한 삶이 반영된다는 것을 알게 됐다. 어려운 형편의 가정에서 장남으로 태어난 아빠가 나에게 물려주고 싶어 했던 '편안함'은 나를 '겁쟁이'가 되게 했다. 어머니를 일찍 여의고 나이 차이가 큰 형제자매 아래서 독립적으로 커나간 어머니의 '불안함'은 나를 설레는 일에서조차 실수가 두려워 포기하게 하는 '도망자'가 되게 했다.

나는 점차 말이나 행동에 정당성을 부여하지 못했다. 표현하기에 앞서 생각하는 시간은 점점 늘어갔다. 생각은 언제나 '저 사람은 어떤 말, 행동을 좋아할까?'로 끝이 났다. 나는 부모님의 말씀을 따르지 않았을 때는 죄책감을 느꼈고, 따르기 싫다는 마음을 저버리지 못한 채 따를 것을 스스로 강요했다.

창밖으로 펼쳐진 드넓은 하늘 아래, 끝없이 나를 부르는 너머의 땅으로 걸어갈 수 있었지만 나는 가만히 앉아 걸어가는 모습을 상상했다. 부모님의 뜻을 거스르는 행동이라고 판단했기 때문이다. 잘못된 모습이라고 생각했기 때문이다.

아니었다. 내게는 원하는 대로 살아갈 권리가 있었다. 우리가 씨앗에게 물을 줄 때 바라는 모습으로 자라기를 기대하지 않는 것처럼, 우리는 각자의 모습으로 성장할 자유가 있다. 이 자유는 피를 나눈 가족이라도, 사소한 비밀까지 공유하는 친구라도, 존경하는 사람이라도 침해할 수 없다. 저마다의 소중한 모습으로 피어나려고 할 때, 우리는 기어코 자신의 삶을 선택하고 책임지며 살아갈 수 있다.

다소 쌀쌀하게 느껴지는 초겨울 날씨에도 불구하고, 나는 길을 걷고 있다. 구름에 가려진 햇빛이 이따금 나를 비출 때, 하염없이 눈물을 흘린다. 원해서 걷는, 이 길 위에서 만나는 진실한 나의 모습은 그저 반갑고 감사하다. 끝이 없는, 끝을 모르는 길일지라도 관계없다. 지금이 순간처럼, 나는 계속해서 나의 길을 따라가고자 한다. 나에게 묻고, 내가 대답하며 선택한, 세상 단 하나뿐인 나의 모습으로 꾸준히.

언뜻 보이는 햇빛이 나를 다시 울게 한다. 신기하다. 태어나서 이렇게 눈부신 하늘은 처음이다. 평안한 장소를 찾지 않아도 나 자체가 하나의 장소처럼 느껴진다. 불어오는 바람이, 흘러가는 구름이, 반짝이는 하늘이 이 길을 보금자리로 만든다.

느껴지는 감각, 감정은 모두 '나'이다. 음식을 먹거나 옷을 고를 때 '좋다'와 '나쁘다'로 구분하는 건 나의 선호이자 취향이다. 또한 슬퍼하거나, 우울하거나, 기뻐하거나, 상쾌하거나 할 자유는 나에게 있다. 맞다. 이 세상 단 하나뿐인, 그 누구와도 비교할 수 없는, 바로 나이니까.

나는 나다. 나는 나로서 살아간다. 나는 나의 의지에 따라 선택하고 결과를 책임질 수 있다. 그 결과가 비록 내가 기대한 것과 다를지라도 감내할 수 있다. 누군가의 조언은 나의 이정표가 될 수 없다. 나는 스스로 체험

하며 느낀 것들에 의해 한 걸음씩 나아간다. 나에게 있어 이정표는 진실한 마음으로 선택했던 순간의 경험들이다. 그 경험들이 때로는 쓰라리고 아팠지만 나로 살게 한다.

자유로운 삶을 꿈꿔왔다. 현재 내가 가진 대학원생, 인턴, 조교라는 신분과 씨름하느라 잊고 있었다. 여행은 나에게 숙원이다. 전 세계를 누비며 각 지역에서 느낄 수 있는 생생함을 피부로 경험해보고 싶었다. 때로는 신발과 양말을 벗은 채 맨발로 누비기도 하고, 거적때기 같은 옷을 입고도 부끄럽지 않게 다니며, 아늑하고 포근하게 느껴지는 곳이 있다면 살아보기도 하며 바람처럼 살고 싶었다.

이런 바람과는 다르게 나에게는 언제나 핑곗거리가 있었다. 공부를 해야 한다는, 취업을 해야 한다는, 돈을 모아야 한다는, 이직을 해야 한다는 생각들은 내가 나로 살지 못하도록 부추겼다. 하지만 더는 '해야 한다.'라는 표현으로 바람을 저버리거나, '싶다.'라는 표현으로 희망에 불과한 것으로 받아들이지 않으려고 한다.

하려고 한다. 해내려고 한다. 해낼 것이다. 여느 때와 다름없이 홍제천을 걷고 있지만 모든 것이 새롭게 느껴진다. 마주 오는 사람들이, 우거진 풀들이, 흐르는 물이 풍요로워 보인다. 변화가 이미 시작된 것은 아닐까. 삶의 궤도가 크게 틀어지지는 않았겠지만, 현재의 궤도를 이해하고 누군가의 의지가 아닌, 나 자신의 의지로 그 궤도를 벗어나려는 마음만으로도 나스러움이 고스란히 전해진다. 느껴진다, 내가.

햇살이 좋아서 그만, 가만히 올려다보았다

9월부터였다. 집에서 보내는 시간이 늘어났다. 대학원에서 조교 업무를 하지 않게 되면서 수요일과 목요일은 스케줄 없는 날이 되어버렸기 때문이다. 상담 준비와 논문 작성, 온라인 강의와 같은 일정이 있었으므로 할 일이 없던 건 아니지만 점점 무기력해져 가는 나와 마주하게 됐다.

토요일과 일요일은 주말이기에 쉴 수 있었다. 마음이 그리 불편하지도 않았다. 남들 모두 쉬는 날이니까. 인파에 묻혀, 나 또한 그들처럼 편하게 쉬려고 노력했다. 하지만 평일은 달랐다. 다른 요일이야 인턴 근무가 있어 개의치 않았지만 수요일과 목요일은 전날 밤부터 괴로움이 샘솟았다. '내일 뭐 해야 하지?'라는 고민과 함께.

　코로나19는 무기력에 좋은 자양분이 되어주었다. 아무 일도 하기 싫고, 그저 누워 있으려고 하는 나를 위해 할 수 있는 일은 드물었다. 운동이나 독서, 명상을 하려고 해도 의지가 생기지 않거나 얼마 못 가 손놓고 말았으니 방 안에 무기력 바이러스가 창궐했다고 해도 과언이 아닐 것이다.

　침대와 책상이 들어선 좁은 내 방에서 바닥은 그저 통로일 뿐이다. 자연스레 침대에 눕거나, 의자에 앉아 하루 대부분의 시간을 보냈다. 의자에서 고개를 왼쪽으로 돌리면 창문이 있다. 여름이면 창문을 열어놓기도 하는데 복도식 아파트라 지나다니는 사람들이 방을 들여다볼까 봐 손이 쉽게 가지 않는다. 연락을 주고받는 친구가 한 주에 1~2명 정도로 적고, 먼저 안부를 묻는 편이 아니므로, 산과 내 방에 차이가 있다면 와이파이가 비교적 잘 작동된다는 점일 것이다.

　방 안에서의 생활이 답답하면서도 거실로 나오려고 하는 모습이 처음에는 낯설었다. 낮에는 엄마도 집에서 시간을 보내기에 밥을 먹거나 화장실에 갈 때에만 거실을 다녀갔다. 다시 방에 들어가고 싶지 않은 마음이 한 편에 있었지만, '해야 하는 일'이 쌓여있다는 생각은 방으로 들어가 있으라고, 그래도 방에는 있어야 한다고 지시했다.

코로나19가 다시 확산되기 시작한 12월 초였다. 조카들이 유치원에 등원하지 못하는 상황이 생겼다. 엄마는 누나 집에서 온종일 조카들을 돌봐야 했고, 휴식기를 맞은 아빠가 도왔다. 부모님이 집을 비운 아침부터 저녁까지 우리 집은 오직 나만을 위한 공간이 되었고, '방'이라는 개념은 점점 거실, 부엌, 화장실, 안방까지 확장됐다. 거실에 있는 소파에 앉아 TV를 보기도 하고, 부엌에서 요리도 하고, 화장실에서 늦장을 부리기도 하며 집을 방처럼 인식하게 됐다.

거실은 우리 집에서 유일하게 하늘을 볼 수 있는 베란다와 연결되어 있다. 방에서 현관, 거실, 부엌을 지나 미닫이문을 열면 파란 하늘이 그득히 펼쳐진 베란다에 도착한다. 이사 올 당시, 그러니까 6년 전만 해도 베란다는 쳐다보기 싫은 곳이었다. 맞은편에서 한창 아파트 신축 공사를 하고 있었기 때문이다. 공사 현장에서 발생하는 먼지도 상당했지만 소음이 더 큰 문제였다. 공사 소리가 쉴 새 없이 집밖에서 울려댔기에, 한여름에도 베란다 문을 열기 어려웠다.

베란다를 찾지 않던 내가 방보다 좋아하게 된 것은 오로지 햇볕 덕분이다. 그날도 나는 해야 하는 일에 쫓기고 있었다. 시간은 있었지만 여유는 없었고, 배는 고팠지만 입맛은 없었다. 화장실을 가려고 방에서 나왔다가 다시 들어가려던 찰나, 베란다를 통해 거실로 들어오는 햇살을 우연히 보게 됐다. 반짝이는 그 모습은 마치 유치원 때 친구와 달리기 시합을 하고 숨을 헐떡이며 하늘을 올려다봤을 때, 마음으로 다가오던 천진난만한 웃음 같았다.

누군가가 부르기라도 하듯 베란다로 다가갔다. 발끝을, 손등을 햇볕에 먼저 대어보며 베란다 앞에 섰다. 온몸으로 쏟아지던 햇볕은 이전에도 분명 만난 적 있었다. 저녁밥 먹으라고 베란다 밖으로 손을 흔들며 친구들과 뛰놀던 나를 부르던 엄마. 외식하기로 한 날에 노을을 등지고 집으로 걸어오던 아빠. 그 외에도 기억해낼 수 없었던 소중한 순간들이 나를 찾아왔다.

그저 햇볕을 쬐었을 뿐인데, 가슴이 뭉클해지는 게 느

껴졌다. 해야 한다는 생각들에 눌리고, 풀리지 않는 일들에 지쳐 3개월이란 시간을 보냈는데. 몇 분 쬐지 않은 햇볕에 모조리 치유되는 기분이었다. 얼굴이 새까맣게 타도 좋겠다고 생각했다. 한바탕 쏟아낸 눈물에, 풀린 긴장감에, 커지는 여유에 미소 짓고 있는 나를 만날 수 있었으니까.

이따금 마음이 답답해지는 날이면 베란다에 선다. 하늘을 본다. 쏟아지는 햇볕과 마주한다. 우리는 서로에게 한마디 말도 건네지 않고 가만히 머무른다. 눈이 부신 나는 이내 눈을 감는다. 눈꺼풀 위를 두드리는 햇볕을 느끼며, 다시 미소를 지어본다.

누구든지 자신을 위해 쉬어갈 수 있다.
어떤 일을 앞두고 있다고 해도,
그 일이 자신에게 중요한 의미를 갖는다고 해도.

쉼은 포기를 뜻하지 않는다.
달려온 자신을 살피는 과정이다.

쉼이란 지나온 자신을 만나고
새로운 걸음을 내딛기 위해 준비하는 시간이다.

아무렴 어때, 좋아하는 일인 걸

노래 부르는 걸 좋아한다. 다만, 그 사실을 알고 있는 사람은 드물다. 사람들 앞에서 노래를 불러본 기억이 손에 꼽을 정도로 적은 탓이다. 부르는 걸 좋아하면서도 마이크를 멀리하는 이유는 역시 가창력이다. 아파트에 거주 중이라 크게 부를 수는 없지만, 가끔은 가수라도 된 것처럼 오른손을 말아 쥐고 흘러나오는 반주에 맞춰 속삭이듯 열창한다. 기분에 따르면 음정, 박자가 더할 나위 없이 정확하지만 원곡에서 꽤 벗어난다는 걸 짐작하곤 한다.

우스갯소리로 편곡했다고 말하는, 나의 노래 실력은 클라이막스로 다가갈수록 얼굴이 붉어지는 능력을 포함한다. 녹음해서 들어보지는 않았지만 사람들의 반응에서 느낄 수 있었다. 대학생 때였다. 만난 지 얼마 안 된 친구들과 노래방에 갔었다. 낯설고, 수줍고, 자신이 없는 탓에 노래를 부르지 않으려고 했다. 하지만 친구들은 한 곡은 꼭 불러야 한다며 마이크를 손에 쥐어주었다. 친구들이 예약한 노래는 끝이 났고, 적막이 흐르는 노래방에서 그들의 흥을 깨는 건 아닌지 걱정하던 나는 익숙한 노래 한 곡을 꺼내 들었다.

특별히 잘 부르고와 못 부르고를 구분할 수 있는 노래가 없었으므로 나에게는 익숙한 노래가 최선이었다. 도입부는 그런대로 괜찮았던 것 같다. 친구들의 표정에 별다른 변화가 없었으니까. 그러나 노래가 전개될수록 압박감을 느끼는 나와 마주했다. 후렴구에 다다르자 고음도 고성도 아닌, 어떤 소리를 내고자 노력하는 내가 있었다. 친구들의 표정에서 그 사실이 여실히 드러났다. 음악이 멈추기를 바랐지만 취소 버튼을 몰랐고, 취소해 달라고 부탁할 용기는 더더욱 없었다. 완곡할 때까지 친구들은 서로 대화를 나누지 않았다. 발가락이 김밥이라도 만들 것처럼 돌돌 말려있다는 것을 자리로 돌아가며 알 수 있었다. 그렇게, 노래와 나의 인연은 멀어져 갔다.

살다 보면 잘하는 것과 좋아하는 것이 점점 뚜렷해진다. 쌓여가는 경험이 저마다의 '잘함'과 '좋아함'을 알려주기 때문이다. 잘하는 활동을 좋아하기까지 한다면 그보다 좋을 수는 없겠지만 두 활동이 극명히 갈릴 때 우리의 고민이 시작된다. 시간은 정해져 있고, 그 안에서 어떤 것을 선택할지는 오로지 개인의 몫이다. 나는 노래를 잘 부르지 못한다. 한 곡만 불러도 목이 쉬고, 듣는 누군가에게 소음으로 전해진다. 그렇지만, 좋아한다. 노래를 부르고 나면 머리에 시원한 바람이 들어온 것처럼 개운해진다. 표정은 산뜻해지고, 여행이라도 다녀온 듯 마음 또한 가벼워진다.

　잘하지 못한다는 이유로 즐거움을 주는, 좋아하는 활동을 포기하는 건 옳지 않다. 사람들에게 어떻게 보일지 두려워서, 되돌아올 반응이 겁이 나서 시도하지 않는 건 바람직하지 않다. 이러한 사실을 깨닫게 도와준 활동은 글쓰기이다. 처음 글을 쓰기 시작한 곳은 블로그였다. '두근거림'이라는 익명으로 활동했으며, 읽는 사람이 늘어날수록 주변 사람들에게 글을 쓰고 있다는 게 알려질까 걱정되어 비공개로 전환했다.

　다른 블로그에 글을 새로 올리면서도 사람들에게 알

려진다는 건 여전히 두려웠다. 솔직하게 적은 이야기가 주변 사람들에게 알려지고, 돌아올 수도 있는 그들의 반응을 상상하는 순간은 특히 무서웠다. 만났을 때는 그렇게 착한 모습이더니, 실제로는 다른 생각을 품고 있었다며 손가락질받을 것만 같았다. 사람들에게 알려지지 않기를 바라던 마음과는 달리 구독자가 늘어나며 나라는 걸 알아보는 사람들이 한두 명씩 자연스레 생겨났다.

잘 써야 한다는 부담감을 크게 느꼈던 때는 그즈음이었다. 아는 사람들을 포함하여 많은 구독자가 지켜보고 있고, 읽는 누군가에게 상처를 주지 않으며, 그들을 만족시키기 위해서는 잘 써야 한다는 생각뿐이었다. 이 시기에는 억지로 시간을 만들어서라도 글을 썼다. 약속이 취소되면 기뻐했다. 할 일이 있다며 만남을 미루기도 했다. 잠까지 줄여가며 쓰고, 다듬고, 블로그에 글을 올렸다. 전하고 싶었던 말이 글에 고스란히 담겼는지는 별로 중요하지 않았다. 조회 수와 댓글, 주변 사람들의 반응만이 나에게 기쁨을 줄 수 있다고 믿었기 때문이다.

글의 방향은 점점 내가 아니게 됐고, 쓰는 시간은 점점 고통스러워졌다. 글을 잘 쓰는 편이 아니었으므로 사람들의 눈에 들기 위해서는 그만큼의 노력과 시간이 필요하다고 생각했다. 일이나 관계처럼 일상을 유지하기 위한 활동에는 점차 소홀해졌고, 좋아하던 글쓰기는 어느새 잘하고 싶어 혈안이 된 활동이 되어버렸다.

잘 쓰지 않아도 된다는, 누군가를 크게 의식하지 않아도 좋다는, 속마음을 드러내도 괜찮다는 사실을 그토록 의식하던 주변 사람들의 반응을 통해 깨닫게 됐다. 사람들은 말했다. 글을 통해 너의 마음을 알게 됐다고. 글에서 솔직한 너를 만나 반가웠다고. 안쓰러웠다고. 고마웠다고. 주변 사람들의 한층 가깝고 친근한 표현들은 글에서의 내가 현실에서의 '나'로 인정받는 계기가 됐다.

요즘의 나는 새로운 사람들을 만나고, 가까워지고, 글을 쓰고 있다는 사실을 알리며 진실한 관계를 맺고 있다. 나를 표현하지 못해 머뭇거리고, 주춤거리다, 겉도는 관계를 유지하던 과거와는 전혀 다른 경험들이다. 마음속으로만 품어왔던 솔직한 내 모습이 이상하거나 나쁘지 않다는 걸 점차 알게 되며 살아가는 곳곳에서 더 자연스러운 나로 지내고 있다.

물론, 글쓰기는 여전히 잘하고 싶은 활동 중 하나다. 많은 사람에게서 긍정적인 반응이 나올 때마다 희열을 느낀다. 하지만 이제는 좋아하는 마음이 앞선다. 사람들에게 어떻게 보일지보다 마음을 따라 자연스레 손가락을 움직이고 싶다. 피아노 건반을 두드리듯 흥얼거리며 자유롭게 나의 순간을 표현하고 싶다. 그렇기에, 나는 오늘도 글을 쓴다. 설레는 나를 위해, 즐거워하는 나의 마음을 위해.

다시 한번, 마이크라도 잡은 것처럼 오른손을 말아 쥐어 본다. 어떻게 노래를 부르게 될지 뻔히 알면서도 목을 가다듬는다. 이웃에게 소음 피해를 끼칠 수 있으므로 모기가 귀 주변을 날아다니는 것처럼 소리를 내어본다. 음정이며 박자가 안 맞는 것을 느끼지만, 아무렴 어때. 내가 좋아하는데, 기다린 시간인데.

짙은 우울로부터 자유로이

<hr>

    필통을 꺼내려고 가방을 뒤적거리다가 노트 하나를 발견했다. 넣어둔 기억조차 나지 않는, 표지마저 낯선 노트였다. 앞면을 펼쳐보니 익숙한 내용이 눈에 띄었다. 중간고사를 앞두고 내용을 정리하기 위해 바르게 쓰려고 애쓴 흔적이 있었다. '참 열심히 살았구나.' 하며 한 장씩 넘겼다.

    끝 무렵이었다. 삐뚤빼뚤하게 적힌 글자들을 발견했다. 차마 읽어 볼 용기가 나지 않았다. 어떤 마음으로 적었는지 떠올랐기 때문이다. 왜 이곳에 기록했던 걸까. 다시 꺼내 보지 않을 수도 있는데.

갈까 말까 며칠 내내 고민하다 출발 이틀 전 비행기 표와 숙소만 예약하고 무작정 떠났던 제주도 여행에서, 오늘처럼 노트를 꺼내 들었다. 둘째 날 밤, 예상대로라면 겪고 있던 우울감에서 벗어났어야 했다. 삶의 의지를 불태우며 서울로 돌아가 어떻게 살 것인지 확신에 차 있어야 했는데, 여전히 우울했던 나는 잘 마시지도 못하는 맥주 한 캔과 씨름하며 노트를 펼쳤다. 숙소의 환한 불빛과 TV 소음은 사라지고, 나는 노트에 새겨지는 내 마음과 마주했다.

우울하다. 다른 표현이 생각나지 않을 만큼 우울하다. 누군가와 만나도, 맛있는 음식을 먹어도, 근사한 풍경을 보아도 뒤돌아서면 우울하다. 이겨내야지 하다가도 우울하다. 참을 수 없어 도망친 여행지에서도, 나는 우울하다. 이유는 우울을 받아들이지 않았기 때문이다. 불편하고 나쁜, 극복해야 할 감정으로 여겼다. 힘들고, 괴로울 때마다 충분히 보듬고 살펴야 했는데. 형체를 알아볼 수조차 없게 쌓인 우울은 나를 점점 무기력하게 만들었다. 온종일 즐거운 구경을 하고 숙소에 들어와 우울한 표정을 짓고 있는, 거울 속 나를 보고서 깨달았다.

이 시기의 내가 얼마나 우울했는지 기억하고 있다. 나

이는 들어가고, 애꿎은 시간은 계속 흘러갔다. 대학원에 등록했지만 일은 그만뒀으니, 무직의 신분이 주는 불안에 나는 점차 잠식됐다. 매분, 매초가 그저 초조했다.

답답한 마음에 거리를 걸어 봐도 마찬가지였다. 사람들은 저마다 느낀 바를 표정으로 드러내며 떠드는 것 같은데. 나는 어떤 표정을 짓고 싶은지, 하고 싶은 말이 무엇인지 알지 못했다. 생각해보지 않았다. 세상을 향해 관심을 쏟지 않고, 나에게 가만히 귀 기울이는 동안 사람들에게 뒤처지고, 잊힐까 봐 두려웠기 때문이다.

기어코 일상을 견뎌내고 있었다. 누군가의 사소한 부탁조차 잘 들어줄 수 있을지 겁이 났고, 가끔은 도착한 메시지를 확인하는 일 또한 겁이 났다. 대화를 나눌 기운도 없었지만, 우울한 내 모습과는 달리 애써 밝은 척해야 하는 상황은 유독 힘겨웠다.

우울감에 대해 그 누구에게도 얘기해본 적은 없었다. 자연스러웠기 때문이다. 우울해하는 내 모습이 점차 익숙하게 느껴졌다. 태생부터 기운 없던 사람처럼 나는 우울해하는 나를 곱씹어보지 않았다. 기분 좋은 일이 생기면 오히려 경계했다. '어차피 금세 우울해질 텐데.', '좋은 기분에 심취하면 분명 더 괴로워질 거야.'라면서.

분명, 내 일상에도 활기가 도는 시기가 있었다. 활기의 기준은 물론 저마다 다르겠지만, 동료들과 선한 영향을 주고받으며 만족스러웠던 시간이 나에게도 있었다. 그러나 친구들이 말해주지 않으면 건강했던 내 모습을 나는 기억해내지 못한다. 언제부터 이 짙은 우울감이 나에게 다가와 번진 걸까. 물어봐도 나는 대답할 수 없다. 지난 몇 년간 늘 그래 왔기 때문이다.

과거에 쓴 글들을 볼 때면 나는 생각한다. '왜 이렇게 어렵게 사는 걸까. 그냥 하고 싶은 대로 살면 될 텐데⋯⋯.'라고. 물론 그게 쉬웠다면 나는 결코 구구절절 글로 표현하지 않았을 테다. 그럼에도 불구하고 나는 묻는다. 네가 짓고 싶은 표정은 무엇인지, 네가 하고 싶은 말은 무엇인지, 그래서 너는 오늘 어떻게 살고 싶은지. 나는 "자.유.롭.게."라고 더듬거리며 대답한다.

나에 대해 사람들이 어떻게 생각할지, 어떤 모습으로 사람들에게 비칠지, 내 생각이나 감정이 다른 사람들과 비교했을 때 보편적인지, '나'라는 사람이라면 어떻게 행동해야 하는지를 떠나 자유롭게. 나의 역사, 상황, 관계를 떠나 있는 그대로 느껴보고 받아들이고, 표현하는 나의 모습을 조심스레 떠올려본다.

어쩌면 우울이라는 이름의 친구와는 이별하기 어려울지도 모르겠다. 요즘처럼 장마 기간이 되면 구부러진 열쇠로 자물쇠를 열려고 하듯 현관을 벗어나기가 버겁다. 하지만 주변을 맴돌던 우울감을 마주하며 깨달았다. 세상으로 향하는 문은 누군가가 결코 대신 열어주는 게 아니라는 것을. 내 손으로 직접 열어야 진실한 삶을 경험할 수 있다는 것을.

어두운 새벽을 지나 그늘 아래로 다가오는 한 줌 햇살처럼, 여름 바람에 다소곳이 흔들리는 정오의 나뭇잎처럼, 편안한 마음으로, 자유로운 모습으로 오늘을 새로이 시작해봐야겠다.

진실되지 않으면서 진실한 '나'를 꿈꾸다

최근, 호흡하는 것에 관심이 생겼다. 호흡이나 명상을 따로 배운 적은 없지만, 눈을 감고 일정한 간격으로 호흡하는 것만으로도 나의 상태를 이해하는 데 도움이 되고 있다. 가만히 앉아 호흡에 집중하면 여러 경험이 떠오른다. 최근에 겪은 일부터 과거의 일까지 두서없이 스친다. 그러다 유독 고른 호흡을 유지하기 어려운 순간이 온다. 그때 가슴에 손을 얹으면 세차게 뛰는 심장이 느껴진다. 그동안 느끼지 못했던 신체 반응, 과한 두근거림과 만나며 나에 대한 이해의 폭이 넓어졌다. 과거의 경험을 떠올리며 느끼는 현재의 감정은 지금 내가 힘들어하는 이유를 설명해주기 때문이다.

과제를 하는데 집중이 되지 않았다. 아침을 먹고 와서 다시 의자 앞에 앉아도 의욕이 생기지 않았다. 외면하고 싶었다. 제출 기한은 오늘까지였지만 '안 내면 뭐 어때?'라는 쪽으로 몸이 반응하고 있었다. 과제를 하지 않을 그럴싸한 핑계를 찾아내기 위해 핸드폰을 뒤적거리기도 하고, 이미 늦잠을 자고 일어났지만 여전히 피곤하다는 이유로 다시 잠을 청하기도 했다. 왜 이런 걸까. 나 자신이 밉고 실망스러우면서도 이해하고 싶었다.

  의자에 편하게 앉아 눈을 감고 호흡을 가다듬었다. 과제를 해야 한다고 생각하던 나, 아침밥을 먹던 나, 거실에서 대화 나누는 부모님의 말소리, 눈을 뜨고 일을 해야 한다는 생각 등은 어떠한 노력 없이 자유롭게 나타났다가 사라졌다. 그러던 중 숨이 잘 쉬어지지 않아, 앉은 자세를 유지하기 어려운 장면과 마주했다. 가슴에 손을 얹어보니 심장이 세게 뛰고 있었다. 그 장면을 가만히 지켜보며 머물다 보니 눈물이 터져 나왔다. 쏟아지는 눈물을 양손으로 닦아내며 과제에 집중하기 어려웠던 이유를 비로소 알게 됐다.

  한 사람의 표정이었다. 나에게 보이던 표정이, 다음을 기약하며 뒤돌아설 때의 쓸쓸하게 느껴지던 그 표정이

마음을 일렁이게 만들었다.

자유롭게 살고 싶다. 족쇄처럼 묶인, 맡은 역할을 기대에 맞게 수행해야 하는 내가 아니라 그저 나로서 살아가고 싶다. 몇 달 전 저녁, 한강에서 마주했던 물결처럼 원하는 대로 표현하며 나답게 살고 싶다. 하지만 나는 나라는 존재가 맡은 사회에서의 다양한 역할에서 스스로 기준을 높게 세움으로써 그 영향에서 벗어나지 못했다.

중요한 사람을 만났을 때도 그 사람에게 온전히 집중하지 못하고, 해야 할 일들을 잘 해낼 수 있을지를 틈틈이 걱정했다. 나의 성장이나 성취를 위해서가 아니었다. 타인에게 어떻게 보일지가 더 중요했다. 능력 없는 사람으로 보일까 봐 '나'임을 포기하고, 능력 있어 보이는 '누군가'를 연기했다. 해야 할 일들을 어서, 완벽하게 해야 한다는 생각을 끊지 못하는 동안 관계의 깊이는 얕아졌고, 나는 내가 아닌 모습이 싫으면서도 벗어나지 못했다. 그마저도 능력 없어 보일까 봐 두려웠기 때문이다.

해야 할 일들로 걱정하던 이유는 그 일의 결과로써 누군가에게 보일 내 모습에 대한 생각 때문이었다. 스스로 부족하다고 여기는 나에게 동화 속 주인공 같은 모습을

상상하게 했고, 늠름하고 멋진 모습을 갖고 싶다는 욕심은 관계에서도 일에서도 나를 실패하게 했다. 타인에게 잘 보이고 싶은 마음이 크면서도, 정작 눈앞에 있는 누군가에게 깊게 마음 쓰지 못했다. 나의 내면에는 지켜야 할 내가 너무도 많았기 때문이다.

외롭다. 공허하다. 그보다도 미안함이 더 크다. 나와 관계를 맺었던 사람들 또한 진실하지 못한 나의 모습으로 외롭고 공허하지는 않았을까. 그들이 보여주는 진실한 모습에 나는 반가워하면서도, 나는 정작 그들에게 진실한 모습을 보여주지 못했으니까. 글을 숱하게 써오며 나를 많이 알게 된 줄 알았는데. 세차게 뛰던 심장은, 저미듯 다가오던 두근거림은 나에게 말한다. 내가 먼저 진실하지 못하면, 누군가의 진실한 마음 또한 얻을 수 없다고.

내가 어떤 사람이 되고 싶은가보다, 과거에 내가 어떤 사람이었는지보다, 지금 내가 어떤 사람인지가 더욱 중요하다. 지금을 살아가는 나는 어떤 사람일까. 호흡하며 떠오르는 경험들과 다가오는 마음들을 받아들이는 순간이 거듭 쌓일 때, 이미 나로서 살아가고 있는 스스로가 뿌듯하지는 않을까.

눈앞에 있는 사람과 일, 모든 순간에 진실하기를 바란다. 진실할 수 있다면 나는 스스로 과한 능력이 있다는 생각을 버리고, 사람들에게 능력 있고 좋은 사람으로 보여야 한다는 생각을 버리고, 내 앞에 있는, 나와 함께하는 소중한 사람들에게 진심으로 몰입할 수 있을 테니까.

나에게 보내는 편지

편지를 주고받는 걸 좋아한다. 일상에서 못다 한 말을 깊이 있게 적을 수 있기 때문이다. 조용한 방에서 스탠드 불에 의지한 채 한 글자씩 마음을 담아 써 내려가는 모습을 상상해보자. 마음이 이내 뭉클해지는 걸 느낄 수 있다. 편지는 진실한 감정과 만나게 하는 신비로움을 가지고 있다. 다 쓴 편지를 읽어보면 받아 볼 사람에 대한 자신의 감정을 느낄 수 있다. 그래서일까. 부치지 못한 편지들이 책장에 꽂혀 바래져 가는 이유는.

편지는 받는 사람만을 위한 게 아니다. 관계를 돈독하게 하거나 개선하기 위한 목적도 있지만 편지를 쓰는 사람의 감정을 확인하는 계기가 되기도 한다. 타임캡슐이

한때 유행했다. 특별한 장소에 의미 있는 물건을 담아 약속한 날만큼 보관하다가 되찾는다니. 생각할수록 낭만적이다. 타임캡슐에 들어가는 물건 중에는 자신에게 쓴 편지도 있다. 오늘의 내가 미래의 어느 시점에서 살아가고 있을 나에게 편지를 보낸다니. 낯설게 느껴진다.

불안정한 일자리로 내일의 모습이 뚜렷하지 않은 주변 사람들의 소식을 자주 듣는다. 남의 일 같지 않다. 나또한 구직 활동을 다방면으로 하고 있지만, 언제 새로운 직장에 입사하게 될지 기약이 없기 때문이다. 어렵게 취업에 성공했다고 해도 그게 끝이 아닌 경우가 많다. 직장에 적응하기 위해 노력해야 하며, 조건이나 환경이 맞지 않아 그만둘 경우 또 다른 대안을 모색해야 한다. 상황이 이렇다 보니 몇 년 뒤의 자신에게 편지를 쓴다는 게 요즈음의 현실에서는 지극히 꿈나라 얘기 같다는 느낌을 지울 수 없다.

며칠 전, 1년 전에 작성한 비공개 글을 우연히 발견했다. 제목은 〈오늘의 나에게 보내는 편지〉였다. 내용을 읽어보니 완성된 글은 아니었다. 힘들어하던 나를 위한 다짐성 글이었기에 노력을 더 기울이지 않고, 공개하지도 않은 채 묻어두었던 것 같다. 작성했던 글을 다시 읽다 보면, 글을 썼을 당시의 감정이 밀물처럼 밀려온다. 그 글을 읽으며 마음이 먹먹해지는 것은 어쩌면 당연한 수순이었는지도 모르겠다.

불안에 휩싸여 도망치고 싶다는 욕구로 가득 찬 일상에서 나는 안정감을 갖지 못했다. 매일 떠나는 궁리만 했다. 좋아하는 카페, 햇볕이 내리쬐는 한적한 거리, 파도 소리가 울려 퍼지는 해변에 있는 나의 모습을 괴로울 때마다 상상했다. 돌아오는 건 괴리감뿐이었지만. 어떻게든 현실에 적응해 보고자 여러 사람과 어울리기도 하고, 시간이 날 때마다 산책하거나 책을 읽었다. 하지만 나아지는 건 없었다. 현실은 그대로였기 때문이다.

변화를 원한다면 행동으로 옮겨야 한다. 뚜렷한 동기를 바탕으로 꾸준히 실천했을 때, 변화는 경험을 통해 우리의 마음에 조금씩 스며든다. 이러한 사실을 깨닫기 이전의 나는 불안한 일상을 견뎌보기 위해 나에게 편지를 썼다. 이 편지가 나에게 깊은 울림을 주는 이유는 서툴기 그지없는 문장들이지만, 진심이 묻어나기 때문은 아닐까.

미래의 나에게 쓴 편지를 거듭되는 오늘을 치열하게

살아가는 내가 읽어보는 일은, 메마른 흙에 심어두었던 씨앗이 꽃을 활짝 피워 마음으로 다가오는 듯했다. 오늘을 살아가는 게 점점 힘들어진다면 이 기회를 빌려 자신에게 편지를 써 보는 건 어떨까. 자기만의 공간에서 숨김없는 마음의 언어로 고백하는 거다. 편지를 쓰다 보면 그 순간에도 위로가 되지만 언젠가 다시 읽어볼, 최선을 다해 살아온 우리에게 값진 선물이 되어주지는 않을까.

나에게 편지를 써주고 싶었다. 자질구레한 내 일상을 말할 곳이 없으니까. 하지만 편지를 쓰다가 거듭 펜을 놓았다. 자신한테 편지를 쓴다는 게 한편으로 우스워서, 평소 편지를 못 받은 것에 대한 자기 위로 같았기 때문이다.

편지는 보내는 사람이 받는 사람에게 전하는 귓속말이다. 사람들에게 들려주고 싶지 않은, 서로를 위한 마음의 언어이다. 그러다 보니 발신자와 수신자가 같은 편지를 쓴다는 것이 생각할수록 쑥스러웠다.

생각을 바꾸게 된 계기가 있었다. 오늘의 나와 내일의 나는 엄연히 다르다. 내일의 나는 어제가 될, 오늘의 나에게 지나치게 얽매여 지낼 필요는 없다. 내일을 맞이할 나는 마음먹기에 따라 이전과 다른 모습으로 새롭게 살아갈 수 있기 때문이다.

　죽녹원처럼 대나무가 우거진 곳에 섰을 때 느낄 수 있는 고요함을 상상해보자. 스산하게 밀려드는 바람과 드문 인적에서 비롯된 적막함을 떠올리며, 마음의 얽힌 매듭을 풀어보자. 온라인에 남기는 익명의 글처럼 숨김없이 고백해보는 거다.

오늘의 나에게 보내는 편지

노력하고 있구나. 알아. 과거의 네가 도전에 대한 두려움으로 얼마나 웅크려 지내왔는지. 그러한 과거를 가지고 있음에도 불구하고, 너는 재차 나아가려고 노력하고 있어. 현실로 발을 내딛으려고 시도하고 있지.

상상하는 걸 좋아했잖아. 불쾌한 일이 있어도 누군가에게 털어놓기보다는 네 방에서 눈물을 흘리기에 급급했지. 위안은 됐지만, 해결은 되지 않았었어. 상황은 그대로였고, 다만 괜찮아진 것 같은 마음만 들었었지.

깨달았어. 매 순간, 너는 새롭게 거듭나기 위해 물러서지 않았어. 나아가기 위해 기어코 한쪽 다리를 들었지. 기억나. 숱한 상황이 있었지. 대학교에서 친구들과 잘 어울리지 못했고, 졸업하고 나서 하고 싶은 일이 없어 방황하기도 하고, 어렵게 들어간 첫 직장에서는 동료나 상사에게 상처를 주거나 실망하게 할까 봐 표현을 절제하기도 했지.

이겨냈었지. 그 모든 순간을, 나는. 얼마나 애가 탔었는지. 예상하지 못한 일이, 그 일은 내 힘으로 통제할 수 있는 게 아니었음에도 불구하고 나는 탓을 했었지. 나 자신을 자책하고, 꾸짖으며 이런 것 하나 시원하게 해결하지 못하냐고 비아냥거렸지.

나는 알아. 그때의 경험들이 나를 성장하게 했음을. 비록 세상이 무너지는 듯한 마음을 수도 없이 느꼈지만, 여전히 느끼고 있지만 언젠가는 이 또한 추억으로 회상하며 나아가기 위한 거름이 되어 줄 거라는 걸.

오늘 새벽, 심장이 두근거리는 걸 느끼며 잠에서 깨어났지. 출근 준비할 시간은 다가오고, 나는 아직 오늘을 맞이할 마음의 준비가 안 되어 있었는데. 오늘은 또 무슨 일들이 내 앞에 놓이게 될지, 감당하기 어려운 상황들이 발생하여 나를 송두리째 뒤흔드는 건 아닐지 겁이 났었거든.

당연한 거라고 생각해, 나는. 그동안 시도하는 걸 두려워해서 결정을 미루고 회피하다가 더 큰 낭패를 봤으니까. 네 과거를 돌이켜보면, 해 보지 못한 일들에 대한 후회로 가득하잖아. 맞아. 지금조차 시도하는 걸 두려워하고 포기한다면 앞으로는 더욱 도전하기 어려울 거야. 나이가 들수록 새로운 일에 도전하기 위해 더 많은 것을 감당해내야 하니까.

모든 순간이 나에게는 도전이야. 같은 상황은 절대 일어나지 않거든. 단 하루도 같은 날이 없지. 삶이란 흰 바탕을 채워나가는 글쓰기와 같아. 정답이 없고, 언제 끝이 날지 모르거든. 어떤 단어를 선택할지, 어디에 쉼표나 마침표를 찍을지, 어떤 의미를 담아 글을 이어갈지 내가 선택하기에 달렸어.

만약, 나에게 단 한 문단이 주어지고 가장 하고 싶은 말을 적으라면 이렇게 할 거야.

나는 네가 잘하고 있다고 믿어. 조금은 훌륭하다고도 생각해 보았어. 그럴 일은 없겠지만, 다른 사람들이 모두 너에게 손가락질을 해도, 적어도 나만큼은 네 편이 되어줄 거야. 나여서 고마워. 안녕.

고인 눈물이 말을 걸어오다

걸으며 성장했다고 해도 무방할 만큼 걷는 걸 좋아한다. 걸음은 나에게 자양분이 되어주었고, 여전히 또래 친구들에 비해 성숙한 느낌은 덜 하지만, '지금'을 살아가는 나의 마음을 그 어느 때보다 깊이 알게 됐다.

길에 관한 글을 쓴 적도 있다. 제목은 〈길 위에서 나를 묻는다〉이다. '걷는다. 길 위에서 쌓였던 감정을 묻고, 나의 오늘을 묻는다'라는 소제목을 붙이기도 했다. '묻는다'를 이중적으로 사용했는데 걸으면서 쌓여있던 감정들을 해소하고, 현재의 삶을 어떠한 마음으로 살아갈지를 묻는 느낌으로 썼던 기억이 난다.

나는 여전히 걷고 있다. 걸음걸이는 꽤 달라졌지만. 타인이 실망하거나 싫어할 수도 있는 내 모습을 드러내는 데 망설이는 시간이 줄어들었고, 부탁이나 거절하는 데 큰 힘을 들이지 않으며, 살지 못한 삶으로 인해 드리워진 그림자도 일부 수용하게 됐다. 놀라운 변화다. 길을 걷던 하루하루에는 느끼지 못했지만, 돌이켜보니 그 걸음들은 오늘의 내가 '나'로 살아가도록 차근히 쌓여왔다.

어제도 나는 걸어서 집에 왔다. 집까지 한 시간 정도 걸리는 정류장에 내려 밤을 맞으면서. 물론, 마스크 때문에 피부로만 밤공기를 느꼈지만. 토요일이 되면 나는 주로 집으로 돌아가기 위해 수유역에서 버스를 탄다. 노원역에서 출발하는 열차는 한 번의 환승으로 집까지 편히 데려다주지만, 굳이 지하철에서 내려 많은 계단과 도보를 걸어 버스로 갈아타는 이유는 오직 어둑해진 평창동을 걷고 싶은 마음 때문이다.

한 잔 마신 맥주에 취기가 살짝 올라온 그날의 나는 평소보다 느린 걸음으로 평창동을 지났다. 곁을 스쳐 가는 사람은 적었고, 도로에는 차들이 화가 난 것처럼 빠르게 지나갔다. 쏜살같은 차들의 움직임은 소음으로 다가왔지만, 음악으로 외면하니 방 안에 혼자 있을 때와 크게 다르지 않게 느껴졌다. 다만, 차이가 있다면 한 뼘 더 자유로웠다. 인도에 발을 포개며 제 걸음으로 걸으니 반바지, 반소매 차림으로 방 안에서 핸드폰을 보던 나보다 자연스럽고, 편안했다.

문득 글을 쓸 때와 비슷하다고 생각했다. 집이라는 목적지가 있긴 하지만, 끝을 가정하지 않고 걸었기 때문이다. 집에 가까워질수록 죄는 마음이 들기는 했어도 걷는 순간에는 크게 의식하지 못했다. 좋았다. 뭐랄까, 영원히 걸을 줄로만 알았다고 적으면 과하게 느껴질까. 하지만 세검정을 지나 홍은동에 이를 때까지만 해도 나는 그 밤이, 그때의 걸음이 끝나지 않을 줄 알았다.

여러 생각이 들었다. 논문은 잘 써질까, 졸업은 하게 될까, 내일은 알차게 보낼 수 있을까, 졸업하면 뭐 하지 하는. 동시에 외로움, 공허함, 쓸쓸함 같은 감정이 찾아와 요즘의 내 삶을 돌아보게 했다. 평일이면 나는 방향을 잃곤 한다. 해야 할 일들은 명확한 편이다. 대학원 졸업을 위해 애쓰면 되니까. 하지만 일에 열중하지 못하며 서성이고 버벅거리는 이유는 지쳐있기 때문일 것이다.

나는 편히 쉬어본 경험이 드물다. 쉬어야겠다고 하면

서도 해야 할 일들을 생각했으니까. 쉼의 시간에 집중하지 못하고, 걱정거리를 한 움큼 부둥켜안고 지내왔으니 지칠 만도 하다. 오랜만에 만난 친구들이 웃고 있을 때도, 관심이라는 온기가 머물던 그 시간에도 나는 집으로 돌아가 해야 할 일을 생각한 적이 많았다.

집으로 들어와 양치하기 위해 거울을 들여다보았다. 눈이 유독 슬퍼 보였다. 의아하다는 생각에 거울을 자세히 보니 눈물이 그렁그렁 맺혀있었다. 언제부터 쌓여있었던 걸까. 하품을 핑계 삼아 흐를 만도 한데. 어디로 흘러야 할지 몰랐던 걸까. 거울 속 나를 보며 '나는 슬픈 걸까?'라는 생각 외에는 아무것도 할 수 없었다.

친구와 통화했던 내용이 잠들기 전 문득 떠올랐다. 이런저런 대화를 나누다가 들마루에 관한 얘기가 불쑥 나왔다. 되돌아보면 나는 평상을 생각했는데, 친구는 들마루를 생각했던 것 같다. 선선한 밤, 사람들과 둘러앉아 종이컵에 따른 맥주와 치킨을 먹고 싶다고 얘기했다. 사실, 당장이라도 주문해 먹을 수 있다. 하지만 나는 평상 위에 깔린 음식보다 둘러앉은 사람들을 보고 싶다는 마음이 더욱 컸다. 아무리 작은 평상이라도 혼자 앉기에는 넓을 테니까.

젖어 드는 잔을 부딪치며 '하하호호' 하는 웃음소리가 그리웠나 보다. 내일이 오지 않을 것처럼, 그 순간에 영원히 살 것처럼, 서로의 표정을 살피고 말 뒤에 흐르는 침묵을 나누며, 이윽고 퍼지는 웃음을 함께 반기며 어울리는 시간이. 필요했나 보다. 잘 마시지도 못하는 술이지만, 밤하늘을 안주삼아 '도란도란' 대화를 나눌 수 있는 누군가. 진로나 집값처럼 무거운 얘기가 아니라 두 개뿐인 닭다리를 내가 먹네, 네가 먹네 하며 소리칠 수 있는 친구가. 그래서였나보다. 나도 모르게 눈물이 맺혔던 까닭은. 상담을 하며 무수히 보았던 그들의 눈처럼 슬픔이 고여 있었으니까.

우리는 오늘을 살아간다. 현재에 있다. 하지만 오늘을 살아가기 어려운 까닭 중 한 가지는 어제에 두고 온 것이 있기 때문이다. 눈물을 두고 왔다. 울어야 할 때를 알지 못했다. 참고 견디다 이불 속으로 숨었다. 눈물을, 아무도 지켜보지 않는 어둠에서 꺼내었다.

　　속상할 때, 겁이 날 때, 힘겨울 때 보이고 싶었다. 눈물짓는 나를 사람들이 알아주기를 바랐다. 사랑받고 싶었다. 기특하다는, 의젓하다는, 착하다는 말이 필요했다. 칭찬받기 위해서는 어른스러워야 했다. 눈물은 철없는 아이가 부모의 마음을 상하게 하기 위해 떼쓰는 방법이라 생각했다.

뒷산에 올라 옛 기억을 더듬었다. 친구들과 뛰놀고, 혼자 걷고, 하늘을 구경하며 보냈던 과거의 나와 만났다. 그들은 말했다. 울음 뒤에 오는 게 웃음이라고. 네가 사람들 앞에 편히 울 수 있는 그날, 잃어버린 웃음을 되찾을 수 있을 거라고.

흘리지 못한, 멈추었던, 이불 안에서 쏟아냈던 눈물이야말로 진실한 모습이었다. 어른이 되어가는 나는 뒷산을 걸으며 과거의 목소리를 닮아간다. 그들의 음성을 따라 조심스레 눈물을 흘려본다. 눈부신 볕 아래에, 이는 물결을 타고 어제와 만난다.

헝클어질수록 좋아

집에서 주로 시간을 보내게 된지 1년 정도 됐다. 아침에 일어나 거실로 나오면 고요가 넘친다. 엄마는 조카들을 돌보러, 아빠는 일을 하러, 식기는 선반에 가지런히 쌓여있고, 냉장고의 물은 어제만큼 시원하다. 모든 게 제 역할을 충실히 수행하고 있다고 느끼는 순간, 나는 나만 제 자리를 못 찾은 것 같다는 생각에 빠진다. 소파에 앉아 한숨을 내쉬다 보면 어느새 거실은 차갑게 변한다. 불편한 속내를 뒤집어 놓을 것 같은 쨍한 형광등 불빛이 싫어 이내 전원을 끈다. 어두운 거실, 헝클어진 머리를 하고 표정 없이 앉아있는 모습은 마음을 옮겨놓은 듯 위태로워 보인다.

해야 할 일들을 헤아려본다. 세는 데는 한 손이면 충분하다. 논문, 자격증 준비, 조교 업무가 떠오르고 그 외에 진행 중인 여러 일이 있다. 대체로는 마감 기한이 정해져 있고 하루, 이틀 노력한다고 끝낼 수 있는 일들은 아니다. 길고 꾸준한 노력이 필요하다. 예정된 기한이 다가올수록 두근거리는 가슴을 느낀다. '해야 한다.'는 생각이 무언의 압박으로 바뀌는 순간이다.

해야 할 일들에 눈이 멀어 마음을 쓰다 보면, 들인 시간만큼의 결과물이 나오기보다는 부담과 압박으로 허비하는 시간이 늘어난다. 이 글을 읽는 누군가는 '그러면 그냥 하면 되지.'라고 생각할지도 모르겠다. 내가 말하는 해야 한다 앞에는 '잘'이라는 표현이 숨어있다. 그럭저럭해내는 것보다 잘 해내고 싶은 마음이 크다.

왜 잘하지 않으면 안 되는 걸까. 못 한다는 게 나에게 어떤 의미로 다가오는 걸까. 해야 한다는 생각에 쫓기다 보면 자연스레 '잘하고 싶은 이유'를 고민할 여유를 놓치게 된다. 나는 왜 잘하고 싶은 걸까. 나는 왜 못 하면 안 되는 사람일까. 나는 왜 논문을 잘 써야 하고, 자격증 시험에는 왜 한 번에 붙어야만 하며, 조교 업무에서는 왜 스스로 만족하지 못해 "괜찮다."는 주변의 말을 무시

하고 더 애쓰는 걸까.

  매 순간 최선을 다해야 하는 이유는 무엇일까. 남들이 "잘했다."고 말하는 결과에도 만족하지 못하고 부족하다며 나 자신을 다그치는 걸까. 돌이켜보면, 열등감 때문이었다. 나는 일찍이 잘하는 게 없는 아이였다. 공부로 상을 받은 경험은 초등학교 2학년 내를 제외하고는 없고, 운동에는 흥미가 있었지만 재능은 없었다. 이력서에서 취미나 특기가 무엇인지 물을 때에 독서나 영화 감상은 내 이름을 적는 것과 비슷하게 느껴졌다. 대화에 서투른 탓에 마음을 터놓을 수 있는 친구도 없었으며, 오늘처럼 어두운 거실에 혼자 남겨질 때면 하루가 그저 서둘러 흘러가기를 바랐다.

  '나아지겠지.', '학년이 높아지면, 나이가 들면 나아지겠지.'라는 생각들은 꾸준히 나를 괴롭혔다. 나아지지 않았기 때문이다. 머리가 나쁘다는 생각에 '이해하지 못하면 어떡하지?'라는 걱정이 들 때면 공부에 집중하기 어려웠다. 기대한 만큼의 능력을 발휘할 수 없을 거란 낮은 자신감은 그 어떤 운동도 노력하지 않고 포기하게 했다. 내가 이어가는 얘기에는 아무도 관심주지 않을 거란 생각은 어렵게 꺼낸 말조차 서둘러 끝마치게 했다.

최근에 부쩍 늘어난 '잘해야 한다.'는 생각에도 삶을 이어나갈 수 있게 도와주는 건 햇빛을 바라보는 시간이다. 햇빛은 나에게 아무런 말도 건네지 않는다. 그저 묵묵히 고개를 끄덕일 뿐이다. 노을이 질 무렵, 홍제천으로 가 볕이 잘 드는 바위에 앉는다. 좋아하는 음악을 들으며 가만히 앉아있는 이 시간은 나를 자유롭게 한다. 사람들의 시선과 움직임을 등지고, 감은 눈 위로 다가오는 햇빛을 느낀다.

　그 순간에 취해 고개를 흔들거나, 발가락을 까딱거리거나, 주먹을 가볍게 쥐고 젓는 행동이 자연스럽다. 이 시간이 지속되기를, 아파트 뒤로 햇빛이 사라지지 않기를 기도한다. 하지만 냉기 가득 머금은 잡초가 집에 갈 시간이라고 타이른다. 집으로 돌아가는 길에도 볕과 만난 순간의 설렘을 잊을 수 없다. 감출 수 없다. 마스크 안에서 새어 나오는 환희에 찬 미소를 해야 한다는 생각으로도 멈출 수 없다.

　캄캄해진 밤하늘에서 볕을 기억하다 보면 잘한다는 게 무슨 소용인가 싶다. 하루씩 더 수척해지며 살아가는 게 나를 위한 삶인 걸까. 물론, 잘하기 위해 애쓴 시간이 있기에 오늘의 내가 존재한다는 사실은 부인할 수 없다. 멍하니 하루 대부분의 시간을 보냈던 대학생 이전과는 달리, 나에게 필요한 일들을 주도적으로 찾아서 해내고 있기 때문이다. 특히, 고민이었던 사람과의 대화에서는 '기능인'이라는 별명이 생길 만큼 내 마음을 표현하는 데 수월해졌다.

부끄러워하는 모습을 보이지 않기 위해, 당황한 기색을 감추기 위해, 처음 하는 일에서조차 잘 해내며 스스로 그리고 누군가에게 인정받고 싶었던 순수한 내 모습을 이제 보내주려고 한다. 이만하면 충분한 것 같다. 잘하고 싶은 마음으로 여기까지 왔으니, 이제는 "못해도 괜찮아."라는 말을 내게 주저함 없이 건네고 싶다. '바른 생활 청년'이라는 별명을 가진 나에게 헝클어져도 좋다는, 헝클어질수록 좋다는 말을 먼저 건네볼까 한다.

나부끼는 바람에 온몸을 맡기고 끝없이 걸어가는 거다. 어디든 좋다. 느낄 수 있다. 찾을 수 있다. 나를 부르는 곳을, 마음이 원하는 곳을. 바라던 곳을 향해 하염없이 걸어간다. 누구를 만나든 무엇을 맞닥뜨리든 관계없다. 걸어갈 거다. 눈앞에 펼쳐진 세상으로, 세상을 향해. 말할 거다. 볕을 향해, 너는 태어날 때부터 자유로운 존재였다고.

오이소박이 먹을 준비가 됐다

엄마가 나를 다르게 부를 때가 있다. 평소에는 "수호야~"라고 부른다. 목소리에 다정함이 묻어난다. 하지만 실수하거나 마음에 안 드는 일이 생기면 성까지 붙여 "김수호!"라고 부른다. 만 32세, 한국 나이로 34세가 됐지만 후자의 상황은 여전히 줄어들 기미가 보이지 않는다.

특히, 식탁에 앉으면 엄마는 내가 '김' 씨임을 강조한다. 나는 어려서부터 가리는 음식이 많았다. "김수호!"라는 불호령과 가장 많은 호흡을 맞춘 문장은 "한 번만 먹어봐." 일 거다. 나는 음식에서조차 겁이 많은 편이다. 요리의 모양이나 냄새로 입맛에 맞을지를 먼저 판단하기 때문이다.

나의 선입견을 통과하는 음식은 많지 않았다. 맛을 먼저 보고 판단하라는 엄마의 말에도 심술궂은 표정을 지으면서 극구 거부했다. 간식이나 좋아하는 음식, 장난감 같은 보상이 있을 때는 자동문이 된 것처럼 닫힌 입술이 쉽게 열리기도 했지만.

이 입맛을 현재도 유지하고 있다. 자연스레 먹었던 음식만 먹는 편이다. 좋아하는 카레 전문점에 20번 이상 방문했는데 한 가지 메뉴만 고집하고 있다. 그 메뉴가 충분히 맛있기 때문에 굳이 고민할 이유가 없었다. 과자도 한 종류로만 네 박스가 집에 쌓여있고, 음료는 한 브랜드의 커피우유가 세 개 이상의 수량을 유지하며 냉장고 속에서 나를 기다리고 있다.

돌이켜보면 나의 선입견은 음식에만 국한되는 게 아니었다. 대부분의 선택에서 나는 익숙한 것을 골랐다. 늘 그래 왔으니까, 자연스럽다고 생각했다. 그런데 실패할지도 모른다는 생각이 선택에 영향을 주었다고 생각하니 그동안의 내 모습이 다르게 보이기 시작했다.

내 방에는 스탠드가 하나 있다. 언제 샀는지 기억조차 나지 않는 물건이다. 직접 산 게 아니라 누나가 물려준 것이기에 당연한 거일지도 모르지만. 대충 보아도 낡을 대로 낡은 스탠드를 버리고, 새 스탠드를 사야겠다고 결심한 지가 어언 6년이 됐다. '그래도 잘 작동하는데 뭐.'라고 받아들인 줄 알았는데, '잘못 사게 될까 봐.'라는 마음 때문에 바꾸지 못했다는 사실을 새로이 알게 됐다.

지석은 나에게 스탠드 사진을 보내주었다. 그 사진 속의 스탠드는 내가 원하던 빛깔을 내뿜고 있었다. 노르스름한 색감은 어두워가는 저녁, 떠나기 아쉬워하는 노을을 만난 것처럼 느껴지기도 했다. 깨달았다. 새로운 스탠드를 갖고 싶고, 만약 산다면 은은한 노란빛을 내는 전구가 달려있으면 좋겠다고.

나는 분명 선호하는 제품이 있었다. 다만, 잘못된 제품을 사게 될지도 모른다는 생각이 '새 스탠드'라는 낯설고 새로운 경험을 좌절시켰을 뿐이다. 음식도 마찬가지다. 맛을 보지 않으면 그 음식이 나에게 맞는지, 아닌지 구분할 수 없다. 나에게는 맛을 경험하지 못한 음식이 수두룩하다. 멍게나 해삼은 아직 젓가락을 대어 본 적이 없고, 채소류는 이름이나 맛을 아직 잘 구분하지 못한다.

여러 가지 음식 중에서 가장 두려운 건 역시 오이소박

이다. 초등학교 저학년 때 한 입 먹은 이후로는 단 한 번도 젓가락으로 집어본 적이 없다. 헛구역질이 올라올 정도로 첫맛이 강했기 때문이다. 우리 집 식탁에는 때때로 오이소박이가 올라왔지만, 나는 거들떠보지 않았다. 나를 위한 음식이 아니라고 생각했으니까.

새로 주문한 스탠드가 내일이면 도착한다. 과연, 내가 기대하는 색을 내는 제품일까. 아니면, 기대와는 다르게 단무지 같은 색을 내는 제품일까. 직접 보지 않았기에 확신할 수는 없지만, 설레는 걸 보니 기대하고 있나 보다. 만약 '마음에 안 드는 제품을 고르면 어떡하지?'라는 생각에 갇혀 있었다면, 결코 느끼지 못했을 마음이다.

오늘 저녁에는 오이소박이에 도전해보려고 한다. 흐릿하게나마 기억하는 그 맛은 과연 실제 내가 느꼈던 맛일지, 오랜 기억이 만든 전혀 다른 맛일지 확인해보고 싶어졌다. 물론, 주문한 스탠드처럼 기대가 되진 않는다. 오이소박이에서 내가 좋아하는 돈가스 맛이 날리는 없을 테니까.

한편으로는 '이 좋은 걸, 왜 이제 알았을까?'라는 반응을 상상해본다. 돈가스만큼은 아닐지라도 이따금 생각

나는 반찬이 될 수도 있으니까. 이제 먹을 준비가 됐다. 만약, 오늘 이후로 내 글을 더 만날 수 없다면, 나는 어쩌면 오이소박이를 먹다가 운명을 다 한 것일지도 모른다.

나는 매일 베란다로 출근한다

베란다 생활을 시작했다. 아파트에 살며 베란다에 살림을 꾸리는 게 쉽지는 않았지만, 그만큼 절박하기도 했다. 논문 심사 기간은 바짝 깎은 손톱만큼 피부로 다가왔고, 두근거리는 가슴은 굳이 손끝을 매만지지 않아도 실감 나게 했다.

내 방에서는 날씨를 확인할 수 없다. 창문이 하나 있긴 하지만 아파트 복도와 연결되어 있기 때문이다. 논문을 본격적으로 쓰기 시작했던 지난 3개월 동안 나에게 하늘은 천장이었다. 구름 한 점 없는 베이지색 하늘에 꺼지지 않는 형광등 불빛은 날마다 낮처럼 살게 했지만, 온몸을 감싸는 차가운 기운은 결코 낮과 비교할 수 없었다.

논문이 한 달 정도 정체된 시기가 있었다. 외면하고 싶었다. 높은 산을 오를수록 한 번씩 쉬어주는 과정이 필요하다. 지금 당장 괜찮다고 하여 무리하다가는 계획한 산행을 도중에 포기하게 될 수도 있다. 그늘진 공터에 앉아 마시는 물 한잔, 과일 한 입, 나누는 대화, 바라보는 경치가 후들거리는 다리와 가빠오는 호흡에도 불구하고 나아가게 하는 버팀목이 되어준다.

완성해야 한다는 생각으로 가득했었다. 잘 해내고 싶기도 했다. 눈이 머물고 손가락이 멈춰 있는 곳은 논문이지만 보채고 재촉할수록 쉽게 쓰이지 않았다. 단 한 줄의 문장도 마음대로 되지 않았다. 하루라도 계획대로 작성하지 못하면 마음속 드럼은 불안을 알리는 연주에 박차를 가했다. 괴로운 까닭에 하늘을 올려다보면 형광등이 날카롭게 나를 내리쬐고 있었다. 해야 한다고. 해내야 한다고 말하는 것처럼.

논문 작성의 속도가 더디기에 초조함에 휩싸이면서도 이겨낼 방법을 고민했다. 어떻게 해야 정체된 이 상황을 무사히 헤쳐 나갈 수 있을까. 문득, 현수에게 받은 안부 연락이 떠올랐다. 그는 나에게 특별한 메시지를 보내주었다.

"너와 소중한 일상의 경험을 나눌 수 있어서 무척이나 좋았어. 그 시간에는 마치 내가 걷고 있는 것 같았고, 따스한 햇볕을 쬐고 있는 것 같았거든."

현수의 메시지를 읽으며 나에게 필요한 것은 논문의 완성도, 호화로운 음식도, 며칠간의 여행도 아니라는 사실을 깨달았다. 볕이었다. 나에게 필요했던 건 원하는 만큼, 필요한 만큼 쬘 수 있는 볕 아래에서의 시간이었다. 한낮의 거리가 생각났다. 혼자 걷는 것도, 누군가와 대화를 나누며 함께 걷는 것도 좋아하지만, 내딛는 왼발에 오른발이 흔쾌히 따라 나가는 이유에는 햇볕의 존재가 크다.

베란다를 청소했다. 수납장 꼭대기에 있던, 버리려던 여행용 의자를 꺼냈다. 잡다한 물건을 산더미처럼 쌓아 놓았던 간이책상을 정리했다. 노트북을 가져와 책상 위에 두었다. 전원을 켜고 여행용 의자에 앉았다. 다리를 앞으로 쭉 펴기에도 좁은 공간이지만, 고개를 살짝 들어보니 하늘이 보였다. 푸르른 하늘에 흐르는 구름, 한낮이 되면 창가로 스며드는 볕이 있었다. 볕이, 오직 나를 위해 내리고 있었다.

나는 오늘도 출근한다. 혹시나 사람들에게 보일 상황을 고려하여 옷을 말끔히 차려입는다. 머리에 왁스까지 바른 건 비밀이다. 베란다에서의 하루를 다시 시작한다. 논문 완성에 대한 염려보다 또다시 볕 아래에서 하루를 보낼 수 있다는 사실에 설렌다. 뜨거운 물 한잔을 마시며 하늘을 본다. 하염없이, 하염없이.

바다보다 마음 돌보는 시간이 더 필요했나 보다

한 주가 새로 시작됐다. 월요일이 됐다는 뜻이기도 하다. 나에게는 단순히 반복되는 월요일은 아니다. 새로운 회사에 취업했기 때문이다. 세 번의 회사 경험을 통해 조직 생활이 나에게 맞지 않음을 깨달았지만, 나는 다시 출근길에 오르고 있다.

시작을 앞둔 사람들의 마음이 그러하듯 나는 설렘과 두려움 사이에서 갈팡질팡했다. 이전 직장과는 다르게 내 생각이나 의견을 적절히 표현하며 동료로서 적당한 관계를 유지할 수 있을지, 반대로 표현하지 못하며 케케묵은 감정들을 마음속에 쌓아두고 이내 그만두는 건 아닐지 하는 생각 때문에. 다만, 한 가지는 확실했다. 달라진 내 모습을 확인하기 위해서는 염려하는 상황에 직접 부딪혀 보는 것만큼 좋은 방법은 없다는 마음가짐이었다.

분주했다. 몸으로, 마음으로 땀 흘리던 모습이 한 주를 돌아보는 주말의 나에게 선명히 다가왔다. 이틀간의 인수인계를 마치고 곧장 업무를 수행했다. 전임자의 배려로 급히 처리해야 하는 업무는 없었지만, 앞으로 해 나가야 하는 일의 가지들이 마음을 무겁게 눌렀다. 지쳐있었기 때문이다. 좋은 기회가 찾아와 일을 시작하게 됐지만, 마음은 새로운 일을 감당할 준비가 되어있지 않은 듯했다. 변화한 내 모습을 확인해보고 싶다던 의지와는 관계없이.

하루가 멀다고 피곤해하는 나 자신을 감출 수 없었다. 바라던 모습, 되고 싶은 모습을 유지하고 싶어도 이내 피곤한 기색이 드러났다. 나는 누군가가 자신의 방식대로 일을 소화할 수 있도록 기다리는 것을 좋아한다. 자신이 생각한 방식으로 시도함으로써 그 방식이 적합한지를 스스로 판단해보는 일은 한 사람의 능력이 발전하는 데 도움을 주기 때문이다. 하지만 누군가의 속도를 기다리기 전에 조급한 마음이 갈증처럼 들끓었다. 상대방을 위한 배려보다 빨리 끝내고 싶다는 마음이 앞서며 그의 이야기를 들으며 기다리기보다 나의 방식을 설명하며 설득하고 싶었다.

큰 규모의 일을 거센 파도라고 한다면 내가 당장에 해야 할 일은 분명 잔물결에 가까웠다. 하지만 그조차 마음으로 끊임없이 밀려드니 누군가의 관심조차 버겁게 느껴졌다. 상사도 잘해주고, 동료들도 좋고, 좋은 환경임에도 불구하고 한 가지 문제가 있다면 그것은 나의 마음이었다.

문득, 취업을 앞두고 다녀왔던 강릉 바다가 생각났다. 코로나19 확진자가 큰 폭은 아니었지만 꾸준히 늘어나던 때였으므로 실내 식당이나 카페를 이용하지 않고 숙소와 바다만 오가며 3일을 보냈다. 둘째 날 밤이었다. 숙소에서 배달 음식을 먹고 드라마나 보며 하루를 보낼까하다가 밖으로 나왔다. 해는 어느새 지고 하늘에는 밤이라는 이불이 깔려있었다. 이차선 도로를 건너면 바로 해변이 나오는 곳에 숙소가 있었다. 유명한 먹거리도, 카페도 없었지만 내가 그 숙소를 선택한 이유이기도 했다. 모래사장에는 인적이 드물었다. 휴가철이 아닌, 수요일밤이었기에 가능한 광경이었다. 그곳을 걷는 나에게는 제한도, 목적도 없었다. 샌들과 발바닥 사이로 들어오는 부드러운 모래를 느껴보기도 하고, 불어오는 바닷바람에 뭉쳐가는 머리카락을 매만지며 속상한 웃음을 지어보기도 했다.

두 시간 남짓 걸었을까. 숙소에 들어가기 위해 해변을 빠져나오려다 아쉬운 마음에 모랫바닥에 앉았다. 다리를 가슴께에 모으고 팔로 감싸니 사랑하는 이에게 안긴 것처럼 편안했다. 밀려드는 파도에서, 불어오는 바람에서, 까마득하게 펼쳐진 수평선에서 문득 바다를 그리워하던 시간이 떠올랐다. 지난 1년 동안 나에게 바다는 돌아가지 못하는 고향에 가까웠다. 애타게 가고 싶으면서도 해야 할 일이나 관계, 코로나 시국인 점을 고려하여 바다에 가지 못했다. 일하다가 지쳐도, 남몰래 우는 시간이 늘어도, 털어놓지 못한 고민이 마음을 집어삼킬 것처럼 덤벼들어도 나는 좀처럼 바다에 갈 용기를 내지 못했다.

그렇게, 바다는 내가 인내했던 모든 시간에 대한 보상으로 여겨졌다. 바다를 보고 나면 그동안 담아두고 참아왔던 마음의 상처들이 모두 치유될 거라 믿어왔다. 그러나 밤바다를 보며 내 생각이 틀렸음을 깨달았다. 바다를 보고 싶다고 얘기하며 하고 싶었던 많은 것을 마음에 묻었지만, 나는 바다를 보고 싶었던 게 아니라 마음이 이끄는 대로 살고 싶었다. 바다를 보는 일은 내가 하고 싶었던 여러 일 중의 하나일 뿐이었다. 치킨에 맥주를 먹고 싶었던 날에 살이 찔까 봐, 스케줄에 지장을 받을까 봐 컵라면을 먹었다. 남산길처럼 야경이 예쁜 서울 곳곳을 걸어보고 싶었지만 지금 당장 해야 할 일을 생각하며 집 밖으로 나가지 않았다. 좋아하는 친구들과 만나 수다를 떨며 마음을 나누고 싶었지만 마감이 다가오는 일들을 생각하며 뒤로 미뤘다. 바다를 보는 일은 그저 이들보다 조금 특별한, 그다지 높지 않은 곳에 있는 일일 뿐이었다.

나는 파도 소리, 바다내음, 바닷바람, 모래사장이 그리웠던 게 아니라, 마음 돌보는 시간이 그리웠다. 하고 싶은 일들을 실컷 하며 환희와 기쁨에 머무르는, 수요일 아침 출근길에 보았던 바람결에 흔들리는 나뭇잎 위로 내려앉는 햇살처럼 반짝이는 시간 같은. 하지만 나는 신입직원이 된 지 이제 일주일이 됐다. 직장에서의 시간은 마음 돌보는 일과 가까워지긴 어렵다. 직장의 속도와 방향에 내가 온전히 맞춰야하기 때문이다. 과연, 나는 잘 해낼 수 있을까. 상담을 받고, 상담 공부를 하며, 일상에서 겪던 어려움을 이해하고 변화하기 위해 끊임없이 노력하던 나는 내가 기대한 만큼 직장에 적응할 수 있을까.

이러한 물음의 답보다 이따 저녁에 다녀갈 남산길이 더 기대된다. 남산 꼭대기에서 남산도서관으로 내려가는 길은 지난 6년간 고민이 있을 때마다 남몰래 다녀간 곳이다. 그곳의 밤공기를 쐬며 벌레 우는 소리로 가득한 적막의 길을 걸을 생각을 하니 벌써 마음이 설렌다. 그러고 보니 나는 앞으로 해야 하는 일보다 하고 싶은 일에 마음을 더 뺏긴 듯하다. 하고 싶은 일이 뚜렷한, 왠지 모르게 오늘 저녁으로는 양념치킨이 먹고 싶고, 산책으로는 남산길, 시원한 맥주를 곁들인 방캉스로 하루를 마무리하고픈 이 마음이야말로 가치 있고, 진실한 나의 변화는 아닐까.

지금, 하늘을 올려다보실래요?
어떤가요, 맑고 투명한 하늘이 보이나요?

여행지에서 보았던, 느꼈던 하늘 같아요.
마음을 알기 위해 끝없이 걸었던
그날, 그 시간, 그 순간의 하늘이요.

가빠오는 호흡은, 무거워지는 몸은
살아있다는 걸 알려주었어요.
숨 쉬며 걷고 있는 이 길이 오직
네가 머무는 순간이라고요.

영원처럼 느껴졌어요.
노래 한 곡 정도의 시간이었지만
햇빛, 바람, 향기, 소리가 스며들며
커져갔어요. 차올랐어요.

눈을 감았어요.
숨을 들이쉬었어요.

내쉬며 왼쪽으로, 오른쪽으로
몸을 기울였어요.

외쳐 보았어요.

　여기다. 내가 사는 곳은 어제도
　내일도 아니다. 그제도 모레도 아니다.
　오늘도, 고민으로 골머리 앓던
　일 분 전도 아니다.

　여기다. 내가 살아가는 곳은
　노래하고 춤추며 자유로이
　머무는, 바로 지금
　나로 가득한 순간이다.

어떤가요. 하늘을 보며
'나'와 만나셨나요?
아니라면, 그래도 아니라면

천천히, 가만히 한 곡 정도의
여유를 내어주세요.

소중하니까요.
저물어가는 날처럼
다시 오지 않을 이 순간은요.

얼음이 녹고 봄이 오듯
굳은 얼굴에 미소가 피어나길
기도할게요. 바라볼게요.

2부

당신의 안부를 묻다

너무 애쓰지 마세요

상담 공부를 처음 시작할 때, 도움을 주던 선생님이 있었다. 나는 당시 상담 안내를 부드럽게 하는 데 어려움을 겪고 있었고, 나의 고민을 들은 선생님은 역할극을 제안했다. 실제 상황인 것처럼 선생님에게 설명하면, 그는 부드러운 목소리로 의견을 제시했다. 경험에서 우러나오는 듯했던 선생님의 따스한 언어들은 내가 상담 분야에 첫발을 안전하게 내딛을 수 있는 힘이 되어주었다.

어제였다. 지나가던 선생님을 먼저 발견하고 인사를 건네는데 말끝이 떨렸다. 한 시간 전부터 끊임없이 걸려오는 전화와 줄어들지 않는 업무량으로 불안감이 엄습하고 있었기 때문이다. 애써 태연한 척 했지만, 느끼고 있었다. 또다시 불안으로부터 일상이 전복될 위험에 처해있다는 것을.

"무슨 일 있어요?" 선생님이 물어왔다. 티가 난 것일까. 나는 '밝음'을 잃지 않기 위해 노력하며 한 시간 전부터 일어난 상황에 대해 선생님에게 설명했다. 밝음은 사람들과 친해지기 위해 내가 자주 쓰는 가면이다. 목소리 톤을 평소보다 올리고, 장난스러운 표정을 지으며, 익살스럽게 말할 때 가면을 쓴 내가 나타난다.

하지만 밝음이 흔들리고 있다는 걸 직감했다. 마음은 좀처럼 진정되질 않았다. 세차게 뛰는 심장은, 손끝에 고이는 땀은, 가빠오는 호흡은 괜찮지 않다고 나에게 말하고 있었다. "에휴, 안 되네."라며 중얼거리고 있으니 그가 웃으며 말했다.

"밝아 보이려고 너무 애쓰지 마세요."

사람들 앞에서는 불안해서는 안 된다고, 당황한 모습을 보이면 안 된다고 스스로에게 주문을 걸어왔다. 나를 지키려면 어떻게든 당당한 사람으로 비춰져야 한다고 생각했다. 상처받을까 봐 두려웠던 것이다.

솔직한 모습을 드러냈을 때, 돌아오는 사람들의 반응은 적잖이 아팠다. 나의 의도와는 달리 불안하고 당황한 나로부터 빚어진 말과 행동은 마음을 그대로 전하는 걸 방해했다. 예상하지 못했던 사람들의 반응은 피부 위에 눌러앉아 나를 단단하게 만들었고, 그들을 향해 마음을 내보이지 않게 했다.

"그러게요."라고 대답하던 그 순간 나는 무장해제가 되었음을 느꼈다. 불안과 당황은 온데간데없이 사라지고 오직 마음이 보였다. 맞다. 나는 내가 얼마나 힘겨운지 스스로 알아주기도 전에 벌어진 상황을 어떻게든 좋게 해결하기 위해 안간힘을 쓰고 있었다.

무슨 소용인가 싶었다. 내가 이만큼 괴로운데, 일을 무사히 끝마친다는 게 뭐람. 남는 거라곤 성과가 아니라 더 나빠지지 않은 상황에 대한 안도일 텐데. 아무리 노력해도 더 나빠질 구석도, 좋아질 구석도 없는 일에 절절매며 마음 쓸 이유가 있을까.

점심을 코로 먹는지, 입으로 먹는지 모르게 바빴던 시간을 보내고 오후 4시가 되어서야 양치를 하러 갔다. 출근 준비를 할 때 이후로 처음 들여다보는 거울 속에는 눈물을 글썽이는 내가 있었다. 평소라면 분명 굳은 얼굴과 마른 눈으로 견뎠을 텐데. "애쓰지 말라."는 선생님의 말은 마음으로 다가와 피부로 나아가며, 사람들의 반응으로부터 스스로를 지켜내기 위해 만들었던 껍질을 어루만져주었다. 그렇기에 나는 촉촉한 눈으로 오후를 보낼 수 있었던 게 아닐까.

애쓰지 말아야겠다. 불안했으니까, 당황했으니까. 목소리가 떨리고, 손끝이 떨리고, 호흡이 가빠오는 게 당연한 거니까. 맡은 업무에 충실해야 하는 것도 맞고, 발생한 상황을 잘 수습해야 하는 것도 맞지만, 내가 소중한 존재라는 사실 또한 틀림없으니까. 마음껏 불안하고, 당황해야지. 거부하지 말아야지. 나는 원래 쉽게 불안하고 당황하는, 그런 사람이니까.

웃음소리가 그리워지는 밤

회사 앞에 위치한 단골 식당에 오면 유독 술을 권하는 사람들이 있다. 그곳에서 귀가 따갑도록 듣는 말은 "야! 안 마시고 뭐해?"이다. 그들은 소주 한 잔만 빼도 크게 나무란다. 술맛이 떨어진다나. 나 한 명 안 마신다고 맛이 변할 것 같진 않은데. 끝내 못 이기는 척 한잔을 비우고 얼굴을 찌푸린다.

"어우, 왜 이렇게 써. 내 인생처럼 쓰네."라고 투덜거리니 동료의 팔꿈치가 옆구리로 날아온다. "너 고작 한 잔 마실 때 난 세잔이나 마셨어." 그의 말을 들은 나는 저마다의 주량이 있는 거라고 생각하지만, 얼얼한 옆구리를 매만지며 입을 삐쭉거린다.

앞에서는 직장 선배가 경험담을 늘어놓는다. '라떼' 향이 물씬 풍기지만 그마저도 풍미 있게 느껴지는 건 악의가 없어서다. 사실 10년 가까이 근무한 선배 입에서 나올 말은 구수한 라떼밖에 없다. 눈을 맞추며 '그땐 그랬지'에 빠져들라치면 옆에서 칼 같은 음성이 들려온다. "자자, 한잔하시죠."

대화가 도통 깊어지질 않는다. '짠'을 외치느라 대화의 흐름마저 깨는 술이 뭐가 그리 좋다는 건지. 하지만 사무실에서와는 달리 동료들의 분위기가 화창하게 개었다. 나 또한 이런 분위기가 싫지 않은 이유는 가볍기 때문일 것이다. 농담마저 진지하게 하는 내가 감히 끼어도 될까 싶을 만큼.

동료들은 서로의 말을 자른다. 내가 잘했네, 네가 잘했네 하며 큰소리친다. 탁자를 손바닥으로 내려치기도 하고, 동료 얼굴에 삿대질을 퍼부으면서도 변하지 않는 게 하나 있다. 웃음이다. 깊어진 눈가의 주름이 옆으로, 옆으로 번져간다. 서로를 알기에, 믿기에, 좋아하기에 가능한 말과 행동을 보며 나는 이내 편안함을 느낀다.

한 조각 남은 양념치킨을 두고 네가 더 먹었다며 자신

의 접시로 가져가고, 자기가 시킨 골뱅이 소면을 네가 다 먹었다며 삐치고, 술도 안 마시시는 주제에 안주 좀 그만 먹으라며 손바닥이 날아오던 그 시간에는 주고받는 술잔만큼 웃음이 빠지지 않는다.

코로나19로 전 동료들과 못 만난 지도 어느덧 1년이 되어간다. 만일 알았더라면, 그날 그 자리가 다시는 재연될 수 없다는 걸 알았더라면 나는 분명 더 열심히 마시고, 떠들며 어울렸을 것이다.

상황은 반복되지 않는다. 세월을 머금으며 우리는 점차 다른 모습으로 살아간다. 미묘하게 틀어지는 각자의 삶에서 옛 직장 동료라는 끈으로써 서로를 묶어 놓은들, 흘러가는 시간 앞에 느슨해지기 마련이다.

'직장'이라는 공간에서 만났기에 우리의 끝은 어쩌면 정해져 있었는지도 모른다. 열 명 남짓한 동료들이 언제까지 퇴근 후에 아지트 같은 식당에 모여 업무가 어떠하니, 상사가 어떠하니 하며 떠들 수는 없을 테니까.

그래서일까. 그날들이 유독 아련하게 느껴진다. 막말과 고성이 오가는 속에서도 웃음을 잃지 않았던 우리.

그들의 웃음소리와 그 소리에 덩달아 터져 나오던 나의
웃음소리가 그리워지는 밤이다.

서로의 노을이 되어

친구가 눈물을 흘렸다. 속상했던 일을 이야기하던 친구는 북받쳐 올라오는 설움에 그만 속마음을 내보였다. 눈물을 흘리는 순간, 우리는 세상에서 가장 연약한 사람이 되어버린다. 한 사람의 눈물을 본다는 건 '흐르는 눈물' 그 이상의 의미를 갖는다.

우리는 눈물을 흘리기 위해 안전한 공간을 찾는다. 소중한 사람과 함께 있는 공간이나 혼자만의 공간처럼 자신에게 편안한 장소로 파고든다. 내가 주로 눈물을 닦았던 곳은 이불 속과 화장실이다. 물론, 눈물이 워낙 많은 탓에 사무실에서 흘린 적도 있지만. 스물세 살이 되기 전까지 내 방이 없었던 나에게 안전한 공간은 매일 밤마다 만나는 이불과 씻으려 들어가는 화장실이었다.

이불 속으로 들어가 팔뚝으로 눈을 가리고 있을 때, 샤워기를 켜 놓고 떨어지는 물을 맞으며 시간을 보낼 때 나는 평안함을 느꼈다. 하지만 눈물을 흘리기에 적절한 곳은 아니었다. 울음소리가 밖으로 새어나가거나, 부은 눈을 보고 운 것을 가족들이 알아챌 가능성이 높았기 때문이다. 눈물이 흐르는 이유를 가족들에게 꺼내놓기 어려웠던 당시의 나는 삭히는 게 익숙했다. 설명해도 이해받지 못할 거라는 생각이 컸기에 내가 집 안에서 편하게 울 수 있는 곳은, 가족들의 눈을 피할 수 있는 두 곳밖에 없었다.

가족들의 발소리가 선명하게 들리는, 좁은 거실에서 나의 눈물이 허락되는 곳은 특히 이불 속이었다. 나는 이불을 뒤집어쓰고 입을 막은 채 일상에서 받았던 온갖 설움을 토해냈다. 격해지는 감정으로 들썩거리는 이불을 가족들이 볼까 늦은 밤에야 기어코 눈물을 흘리던, 외로웠던 나의 모습은 여전히 아련한 기억으로 마음 한편에 남아있다.

이러한 나에게 친구가 눈물을 보였다. 그동안 여러 사

람의 눈물을 보았지만, 이 친구의 눈물이 유독 기억에 남는 이유는 그가 처한 상황이 낯설지 않게 느껴졌기 때문이다. 고립되어 있는, 눈물 보일 사람이 없는, 혼자 이겨내려 안간힘을 쓰는 친구의 붉어지던 두 눈에 내가 비쳤다. 목 놓아 울 수 없었던, 그 시절의 내가 보였다.

친구는 눈물의 의미를 느껴보기도 전에 손등으로 황급히 닦아냈다. 눈물을 부정하는 것처럼 보이기도 했다. 소리 내어 울 수는 없었던 걸까. 흐르려는 눈물에 정당성을 부여할 수는 없었던 걸까. 눈물은 위로가 필요하다는 걸 알려주는, 마음이 주는 선물인데.

대화를 마치고 친구와 헤어졌다. 친구의 뒷모습은 자신이 저지른 실수를 발견하고 상사에게 보고하러 가는 사람을 보는 듯했다. 나는 대화를 곱씹어봤다. 나는 별다른 말을 하지 않았다. 친구가 겪은 상황을 깊게 이해하지 못한 상태에서 꺼내는 말들은 위로가 되지 않을 것 같았기 때문이다.

다만 눈시울을 붉혔다. 떨리는 마음으로 친구와 눈을 마주쳤다. 만약 나의 눈빛을 말로 표현한다면 네가 느끼는 감정은 옳다고. 충분히 당황스럽고, 힘들고, 괴로웠을 거라고. 그러한 너의 감정이 나에게도 전해진다고 친구에게 얘기할 수 있을 것이다. 친구와 나는 이따금씩 찾아오는 침묵을 견디며 서로를 바라보았다. 나는 친구의 오늘을 보았고, 친구는 나의 어제를 보았다.

친구의 눈은 언젠가 바다에서 봤던 풍경 같았다. 저녁이 되어갈 무렵, 해변을 걷다가 만난 노을이 떠올랐기 때문이다. 그늘진 나의 마음을 가만히 품어주던 그 시간이 친구의 눈을 통해 다가왔다. 우리는 서로의 노을이 되어 그늘진 마음을 밝혔다. 나는 친구에게, 친구는 나에게.

반짝이는 눈빛이 필요해

"수호야, 말 좀 해."

"말 좀 해."라는 말이 이름 뒤에 붙어 다니던 때가 있었다. 대학생 때였다. 각 지역에서 모인, 개성 넘치는 친구들과 친해지는 건 어려운 일이었다. 특히, 나처럼 낯가리고 말주변 없는 친구들은 서로 친해진 무리를 먼발치에서 지켜보다가 사라져갔다. 서로의 시야에서, 조금씩.

말하는 걸 싫어하는 사람은 없을 거다. 누군가의 말을 귀담아듣는 게 나의 직업이지만, 나조차 말하는 걸 더 좋아한다고 자부한다. 물론, 상황에 따라 차이는 있다. 자기 말만 하려 하거나, 내 이야기에는 도통 집중하지 않는 사람에게는 말을 꺼내고 싶지 않다. 갈증이 나기 때문이다. 대화는 '우리'가 '함께'하는 것인데, 한 사람의 일방적인 말로 채워진 대화는 나에게 커다란 외로움으로 다가온다.

여러 명의 사람과 한자리에 있을 때면 여전히 말을 아끼지만, 단둘이 대화할 때면 빛을 발한다. 말이란 참으로 오묘해서 자신의 관점으로만 말하면 상대방이 거부감을 느낀다. 어떤 이야기를 꺼냈을 때, 자기 입맛에 맞게 재해석하던 사람들을 떠올려보자. 괜히 말 꺼냈다는 생각이 절로 든다. 물어봐야 한다. 익히 아는, 사전적 의미가 뚜렷한 단어라도 이해하는 바가 서로 다를 수 있기 때문이다.

'꼼꼼하다'는 사람들에게 자주 듣는 칭찬이다. 무엇이든 빠트리지 않고 일하는 내 모습을 보며 그들은 말한다. 하지만 개인적으로 '덜' 꼼꼼하고 싶은 게 나의 바람이다. 앞서 발생할 수 있는 상황들을 미리 생각하지 않으면, 그 위험에 미리 대비하지 않으면 불안해서 견딜수 없는 것이 현실이다. '꼼꼼'이라는 가면을 쓰고 불안해지지 않기 위해 노력하지만 사람들의 꼼꼼하다는 칭찬은 나에게 더 생각하고 대비할 것을 요구한다.

"꼼꼼하다는 게, 너에게는 어떤 의미야?"처럼 누군가가 사용하는 언어에 집중하고, 그 의미를 물어봄으로써 그의 관점을 이해할 수 있다. 즉, 한 사람에 대한 '관심'을 먼저 가져야 마음에 닿는 질문을 할 수 있다. 그에 대해 진심으로 궁금해 하지 않으면 겉도는 대화만 오고갈 뿐이다. 만일 누군가 나에게 꼼꼼함에 대한 정의를 물어봤다면 나는 "스스로의 능력, 판단, 결정을 신뢰하지 못하는 안타까운 모습"이라고 대답했을 것이다.

진심 어린 대화를 나누기 위해서는 관심을 바탕으로 한 언어들이 필요하다. 그 언어들이 쌓이고 쌓여 서로의 마음으로 가는 길을 안내해준다.

묻지 않았기에, 나는 말할 수 없었다. 궁금하지 않았기에, 그들은 묻지 않았다. 그들과 친해지기 위해 애썼던 시간을 생각하면 허무하다. 나는 그들과 가까워지기를 원했지만, 그들끼리는 이미 충분히 가까웠다. 삼키고 삼키며 지냈던, 대학교 1학년 그 시절을 떠올리면 여전히 공허함이 밀려든다. 온몸으로 저미는 외로움에 혼자 울기도 많이 울었는데…….

이제는 나에게 묻지 않는 사람들에게 속 깊은 얘기를

애써 꺼내지 않는다. 관심이 빠진 물음은 나의 대답이 어떠하든 나를 더 이상 알고 싶어 하지 않으며, 아무 말도 안 하는 것보다 더한 아픔을 주기도 하기 때문이다. 이제 마음 깊은 이야기는 반짝이는 눈빛을 한 사람에게만 꺼내 보이고 싶다.

걸어볼까.
어디로든, 동네를 한 바퀴 돌지라도.
가을바람을 타고 불어오는 평안함이 마음에 깃들어,
반짝이는 쉼이 나에게 찾아오지 않을까.
기대하며 방 밖으로 나간다.

잘 잤냐는 엄마의 인사가 다가온다.
"네."라고 웃으며 반긴다.
베란다로 눈부신 햇살이 쏟아진다.
시원한 물을 한 컵 가득 마시며 바라본다.
저 넓은 세상을 자유롭게 걸을 수 있다면 얼마나 좋을까.
그래, 걸어보자.
어떻게든, 해야 할 일들이 나를 집어삼키기 전에.

집 밖으로 나아간다.
파란 하늘 아래, 나는 살아있다.
걸으며, 나를 되찾는다.

나는, 나를.

다들 안 괜찮으시지요?

매주 금요일마다 직장에서 교육을 받았다. 서울에 코로나19가 확산되기 전까지는 한곳에 모였던지라 동료들과 얼굴을 마주하며 두런두런 대화를 나눌 수 있어서 좋았다. 물론, 시간이 지나 기억이 희석되어 좋았다고 말할 뿐이지 곰곰이 생각해보면 심각한 날이 많았다. 각자 맡은 주제로 발표하는 시간이 주기적으로 돌아오곤 했는데, 발표 당일 아침이면 동료들의 표정은 심상치 않았다.

단순히 발표 준비 때문은 아니었을 거다. 우리는 여러 고민을 동시에 안고 살아간다. 한 번에 한 가지씩의 고민을 할 수 있다면 좋을 테지만, 해일처럼 밀려드는 고민들 앞에서 태연하게 한 가지 고민만 하는 건 분명 어려운 일이다. 발표에 대한 걱정은 해변으로 흘러드는 고민들 중 하나였을 거다. 돌이켜보면 그저 누군가와 관계하는 것 자체가 고민이 되기도 한다. 사람들 앞에서 말하는 것이 발표이기에 고민인 것처럼.

언어의 해석만큼 중요한 것이 의도이다. 상대를 위하는 마음이 전제되어 있지 않다면, 의도와는 다르게 들릴 가능성은 높아진다. 초점이 어긋난 누군가의 말과 행동이 다가오고, 마음속을 유영하던 표현들은 한 사람에게 씻기지 않는 잔해물이 된다. 자그마한, 티끌 같은 잔해물이라도 쌓이면 바다를 탁하게 만들기 마련이다. 아무리 깨끗한 바다라도, 아니 상대에게 필요하리라는 믿음으로 건넨 말이라고 해도.

자신의 말과 행동이 상대에게 어떻게 전해질지 그 의미와 적절성을 고려함으로써 상처를 줄 가능성은 낮아진다. 상처를 주지 않고 한 사람에게 '쏙' 들어맞는 표현을 한다는 건 어려운 일이다. 그 사람이 되어보지 못했고, 되어볼 수도 없기 때문이다. 또한, 누군가를 기분 좋게 할 의도로 했던 표현이 때로는 상처를 주기도 한다. 한 사람의 기분이 충분히 나쁠 만 한 상황에서 좋아지게끔 과장되게 행동했다면 더욱 그럴 것이다. 무엇이 그를 기분 나쁘게 했는지 그 사람 입장에서 차근히 들어야 이해할 수 있을 텐데, '기분은 좋아야 한다.'라는 일반적인 생각은 이따금 위로의 과정을 생략하게 한다. 나를 위한 답시고 이리저리 뛰는 사람을 보면 오히려 내 마음을 알아주지 않는다는 느낌을 받는다. 그가 기울인 노력은 고맙지만 마음으로 전해지지는 않는다.

돌이켜보면 '해야 한다.'는 생각이 친해지는 걸 방해할 때가 많았다. 나의 해야 한다 중 큰 비중을 차지하고 있던 건 '행복해야 한다.'였다. 내가 생각하는 행복의 모습은 뚜렷했다. '웃음', '평온', '여유'는 행복을 연상케 하는 대표적인 단어였다. 웃음이 없다면, 평온하지 않다면, 여유롭지 않다면 행복하지 않다고 굳게 믿었으며, 관계하는 사람들에게도 동일한 기준을 적용했다.

하지만 삶에는 좋은 순간만 있지 않다는 걸 깨닫고 나서부터는 '행복'의 의미를 다르게 받아들이게 됐다. 울음이 없다면, 불안이 없다면, 바쁨이 없다면 그 반대를 뜻하는 웃음, 평온, 여유를 이해할 수 없다. 울어봤기에 웃음의 의미를 알게 됐고, 불안해 봤기에 평온의 의미를 알게 됐고, 바빠 봤기에 여유의 의미를 알게 됐다. 행복한 날이 있으면, 불행한 날도 있다는 사실은 무조건 행복해야 한다는 가치관에 실금을 가게 했으며, '불행할 수도 있다.'는 말에 이르러서야 일상을 더욱 깊이 있게 살 수 있게 됐다.

사람들은 가끔 물어본다. 실의에 빠진 마음이 지어낸 내 표정을 보며 "괜찮아요?"라고. "괜찮아요."라고 대답하는 게 내게는 익숙하지만, 이제 반기를 들어볼까 한다. 괜찮지 않은 표정을 보고 괜찮은지 묻는 게 맞는 걸까. 물론, 표정으로만 한 사람의 상태를 가늠하기는 어렵겠지만, '늘 괜찮은' 표정을 짓고 있던 내가 '안 괜찮게' 보인다면 얘기는 달라진다.

교육이 있던 금요일이었다. 자리에 앉아 교육을 기다리고 있는데 주변에 있던 동료들 모두가 '안 괜찮은' 표정을 짓고 있었다. 그 표정은 굳이 묻지 않아도, 친분이 있는 사람이라면 누구나 괜찮지 않다는 걸 알기에 충분했다. "다들 괜찮아요?"라고 안부를 물을까 하다가 마음을 달리 먹었다. 저리 안 좋아 보이는데, 괜찮으냐고 묻는 건 뭐람. 숨을 고른 뒤, 나는 그들에게 물었다.

"다들 안 괜찮으시지요?"

갚겠다는 말, 괄호 안에 넣어도 괜찮지?

우진이라는 이름의 친구가 새로 생겼다. 상담 스터디를 하며 알게 됐는데, 우연한 기회에 친한 관계를 유지하고 있다. 최근에는 핸드폰을 든 팔이 뻐근해질 때까지 이야기꽃을 피우는 상황이 밤이면 펼쳐진다.

그동안의 통화 양상과는 다르다. 나와 통화했던 대부분의 친구는 자기가 하고 싶은 말을 더 많이 했다. 나는 주로 물어보았고, 말소리가 들리는 핸드폰의 위쪽은 아래쪽보다 늘 뜨거웠다. 이번에 가까워진 우진이는 나에게 먼저 물어본다. 그것도 조심스럽게. 나에 대한 관심과 배려가 느껴지는 말들에 마음을 연 나는 주저리주저리 떠든다. 신이 난 나머지 이따금 우진이의 말을 자르기도 하면서.

돌이켜보면 나는 지독하게도 먼저 전화를 걸지 않았다. 나 스스로를 대수롭지 않은 존재로 여기기도 했지만, 별일 아닌데 전화를 거는 게 아닐까 하는 생각은 친구들과 통화하는 걸 주저하게 만들었다. 사실 친구라면, 더군다나 친한 친구라면 사소한 일에도 충분히 전화를 걸 수 있지만, 친한 사이에 대한 확신이 부족했다.

존중받고 싶은 마음이 있었기 때문이다. 내가 하는 말을 나의 입장에서 들어주고, 어떠한 조언이나 판단을 내리지 않은 채 알아주려고 노력하는 모습을 바랐다. 하지만 일상에서 이러한 경험은 드물었다. 얼굴을 마주하고도 꺼내지 못하는 이야기를 전화로 하는 건 더욱 어려운 일이었다. 살필 수 있는 반응이라고는 소리밖에 없기에, 핸드폰 너머에 있는 친구의 마음이 궁금하고, 두려웠다.

이번에는 다르다. 우진이는 나의 말끝에서 새로운 생각이 싹틀 수 있도록 묻는다. 그 의도가 순수하게 느껴진다. 돌아오는 반응들은 나에게 초점이 맞춰져 있고, 대화를 거듭할수록 나에 대한 이해가 깊어진다. 우진이라는 타인과 대화를 나누고 있지만, 온전히 나와 대화하는 듯한 착각마저 들기도 한다. 나의 어디가 그렇게 궁금한 걸까. 우진이에게 초점을 맞추기 위해 노력해보아도 나는 이내 '대화'라는 무대 위에 선 주인공이 되어버린다.

며칠 전이었다. 새로운 직장으로 이직한 우진이가 걱정이 되어 퇴근 시간에 맞춰 문자를 보냈다. 서로 연락을 주고받다가 우진이가 먼저 잠이 들었고, 전날 보냈던 문자에 대한 답장이 아침에 도착했다. 우진이는 고맙다고, 위로가 됐다고, 갚겠다고 했다. 나는 이미 그에게 많은 위로를 받았기에 갚겠다는 마지막 말에 대해 나는 이렇게 답장하고 싶었다.

"갚겠다는 말, 괄호 안에 넣어도 괜찮지?"

서로에게 평생을 갚아도, 갚지 못할 관계가 친한 사이인 것 같다. 그렇기에 갚겠다는 말보다는 필요할 때 먼저 연락하고, 오는 연락에 기꺼이 귀 기울여주는 것이 고맙다는 인사를 대신해주지 않을까. 한 사람과 대화를 나누며 그 순간에 몰입하는 경험이 어떠한 삶의 과정보다 특별하다는 사실을 알려줬으니, 우진이의 말마따나 고마움을 갚는다고 하면 나는 그에게 얼마나 많은 빚을

진 것일까.

관계는 서로에게 맞추며 하나가 되는 것도 아니고, 서로 다른 존재감으로 둘처럼 더해지는 것도 아닌, 하나 더하기 하나이다. 저마다의 관점을 유지하면서도 어색하거나 불편하지 않게, 진실한 대화를 나누기 위해서는 더하기 너머에 있는 한 사람을 그 자체로 존중하는 마음이 필요하다.

나는 이제 친구들 앞에서 나를 드러내는 게 두렵지 않다. 나를 소중하게 여긴다면 내가 어떤 모습을 보여도 받아줄 거란 믿음이 생겼기 때문이다. 만약 나의 진심 어린 모습을 받아주지 않는다면 그때 가서 풀거나 멀어져도 괜찮을 것 같다. 중요한 것은 친구와 함께 하는 순간에 서로를 향해, 또한 자신을 위해 서서히 나아가는 마음이니까.

500cc 잔을 높게 들며

───────────────

　살아온 시간을 문득 되돌아보았을 때 후회되는 일은 누구에게나 있을 것이다. 나 또한 예외가 아닌데, 마음 편히 놀지 못했던 것이 유독 나를 속상하게 만든다. 대학교 1학년 때였다. OT라는 공식적인 첫 만남에서부터 기대보다 걱정이 앞섰다. 낯선 친구들과 말이나 제대로 섞을 수 있을지, 소심하고 낯가리는 나의 성향에 맞는 친구가 있을지 가늠할 수 없었고, 그동안의 내 모습에서 친구를 원만하게 사귈 거란 기대도 할 수 없었다.

　예상은 크게 벗어나지 않았다. 다 같이 밥을 먹거나 옹기종기 모여 앉아 술잔을 기울이던 자리에서 나는 별다른 말을 하지 못했다. 호기심으로 반짝이는 그들의 물음에 그저 고개를 끄덕이거나 "어."처럼 단답형으로 대답하며 간신히 버틸 뿐이었다. 2박 3일의 OT 일정은 더 머물고 싶기보다 하루라도 빨리 벗어나고 싶은 시간이었다. 3월이 되어 대학 생활은 본격적으로 시작됐고, 쭈뼛거리며 말을 잇지 못하던 첫 이미지는 쉽게 바꿀 수 없었다.

'말이 없는 애', '내성적인 애', '착한 애'와 같은 별칭이 친구들 입에서 자주 언급됐고, 위축된 나의 모습으로 말미암아 친구들이 받아들인 '나'로 지냈다. 답답하기도 했지만, 그중에서도 유독 괴로웠던 순간은 말 좀 하라며 친구들이 부추길 때였다. 하고 싶을 말을 제때 하며 사는 건 누구에게나 어려운 일이겠지만, 나는 유독 하고 싶은 말을 하지 못하는 편이었다. 게다가 내가 말이 없고, 내성적이고, 착하다는 인식을 가진 친구들은 말을 꺼낼 여유를 주지 않았다. 침묵이 감도는 순간조차 말을 할까, 말까를 고민하다 타이밍을 놓치기 일쑤였다. 나는 마치 의중을 숨긴 음흉한 사람처럼 겉과 속이 다른 모습으로 친구들을 만났다.

외롭고 답답한 마음에 이불을 뒤집어쓰고 눈물을 흘리기도 여러 번. 이대로 살 수는 없겠다며 시작한 것이 친구들에게 관심 기울이기였다. 먼저 말을 걸어주지 않거나 가벼운 인사만 나누는 사이가 대부분이었으므로 말을 걸기 위해 나는 모험을 감수했다. 실패할 가능성을 줄이고자 귀를 열어두고 생활했다. 쉬는 시간을 돌이켜 보면 대화에 낄 수 있는 상황은 비록 적었지만, 전공 서적을 읽는 척하며 들었던 말소리에는 그들의 관심사가 담겨 있었다. 그러한 관심사를 기억해두었다가 나누기 시작한 대화는 관계를 잇는 실이 되어 주었다.

세게 당기면 이내 끊어지는 실처럼, 이 방식으로 깊이 있는 관계를 맺기란 어려웠다. 친구들의 관심 주제에 흥미를 보이며 실을 바늘에 묶는 데에는 성공했지만 그 이후는 새롭고 낯선 영역이었다. '어떤 말이 친구들과의 대화를 지속하게 해 줄까?'보다 '내 말에 친구들이 어떻게 반응할까?'에 더 신경 쓰던 나는 친구들과 마주한 상황에서 자유로울 수 없었다. 나 스스로에 대한 확신이 부족했기에 친구가 하는 말을 있는 그대로 듣지 못하고, '나를 어떻게 생각할까?'에 초점을 기울였던 나는 결국 '저 친구는 나를 별로 좋아하지 않을 거야. 좋아할 만한 구석이 나에게는 없는 걸.'이라는 지레짐작으로 대부분의 관계에 결론을 내렸다.

관계에는 상호 간의 소통이 필수적이다. 한 사람의 노력만으로 관계는 결코 맺어질 수 없다. 깊은 관계일수록 더 그렇다. 진실한 모습이 선행되어야 하는데 그러다 보면 서로 맞지 않는 지점과 맞닥뜨리게 된다. 가치관이 맞지 않거나, 취향이 다르거나, 성향이 다르다는 것을 확인하는 그 지점에서 헤어질 수도 있지만, 그럼에도 불구하고 가치관, 취향, 성향을 함께 공유하며 서로의 솔직한 모습을 받아들이기 위해 노력할 때 마음을 내보일 수 있는 친구가 생긴다.

나는 사귀게 된 친구가 몇 없다. 진실한 모습을 보여야 한다는 선행조건을 갖추지 못했기 때문이다. 말도 잘하고, 애교도 많고, 장난스러운 모습이 나에 가깝지만 우울하고, 불안한 모습을 나라고 여기며 오늘까지 살아왔다. 자연스러운 나로 지내지 못 했기에 우울했고, 친구들에게 잊히는 건 아닌지 불안했으며, 이러한 감정들로 파생된 내 모습은 일상에서 자주 나타나 일생이 우울하고 불안한 사람처럼 행동했다. 나를 우울하거나 불안하게 만드는 상황들이 생겨 그러한 감정들을 느꼈을 뿐이지, 나는 애초에 우울하거나 불안한 사람이 아니다. 드러나지 않은 나와 친구들이 보는 내 모습 사이의 불일치와 소외될지도 모른다는 생각은 우울과 불안을 일으키며 따라다녔다.

   여전히 사람들에게 보이는 나의 모습에서 편안함을 느끼기는 어렵지만, 상황에 따라서는 솔직한 마음을 표현할 수 있는 용기가 생겼다. 관계를 맺는 과정을 두려워하면서도 기회가 있을 때마다 도전했던 경험이 나에게는 크나큰 자산이 됐다. 내가 표현을 늘 어려워하는 게 아니라 어려워하는 특정 요소들이 있음을 깨달았기 때문이다. 네 명 이상의 사람이 모였을 때 대화에 끼어들 타이밍을 잡기 어려워한다거나, 말수가 적은 친구와 단둘이 있을 때 대화를 이끌어가야 한다는 부담감에 사로잡힌다거나 하는 것처럼 관계에서 주로 하는 생각들이 보이기 시작했다. 관계 속에서의 나를 마주하고 이해하기 시작하자 관계의 특성에 따라 행동 방식을 결정하는 여유도 생겼다. 친구들과 마주한, 서로의 입에서 말이 빗발치게 쏟아지는 긴장되고 미묘한 상황에서 나만의 방식으로 표현하는 틈을 발견하고, 넓혀갈수록 나는 관계에서 자유로워졌다.

   뒤늦은 깨달음으로 후회되는 일이 참 많다. '아, 이때는 이랬어야 했는데.', '아, 저때는 저랬어야 했는데.' 하며 아쉬움을 스스로 재촉한다. 스무 살이라는, 꽃다운 나이에 나로서 살지 못했다는 사실은 여전히 한숨을 자아낸다. 그나마 다행인 것은 지금이라도 알게 됐다는 점이다. 비록 서른네 살 이긴 해도 만회할 수 있는 기회는 충분하다. 그렇다고 나의 직업을 버리고 친구를 사귀기 위해 극단적으로 시간을 쏟겠다는 뜻은 물론 아니다. 주어지는 기회 속에서 진실한 나로 살기 위해 더 노력하겠다는 의미이다.

친구들과 여행 가기, 밤새 술 마시기처럼 소박하게 느껴지는 목표 중에서도 유독 끌리는 한 가지가 있다. 바로 500cc 잔을 높게 들어 올리며 큰 목소리로 "건배!"라고 외치는 일이다. 수줍은 미소로 어깨 언저리에서 잔만 부딪치는 게 전부였던 나는 '오늘 마시고 죽자.'라는 마음으로 술을 마시고 즐기던 사람들이 내심 부러웠다. 코로나19가 잠잠해지고 만남이 활발해지는 날, 가까운 친구들과 모인 자리에서 주변 사람들의 시선을 아랑곳하지 않고, 머리 위로 들어 올린 500cc 잔을 힘껏 부딪치며 "건배!"를 외치는 나를 고대하며, 미뤄두었던 하루의 일을 설레는 마음으로 다시 시작해볼까 한다.

좋아하는 마음이었으니까

'시간은 빠르다.' 만큼 무책임하고 당연한 표현이 있을까. 예정된 기간이 끝나가는 시점의 회고일수록, 시간의 인색함을 경험할 수 있다. 하루, 이틀, 한 주, 한 달 그리고 일 년. 차곡차곡 쌓여가던 요일은 만남과 이별을 동시에 말해 주었지만 계약 만료까지 일주일을 앞두고서야 그 이별이 실감 나는 건 왜일까.

지난 1년을 '애썼다'보다 나를 적절하게 대변할 수 있는 표현은 아마 없을 것이다. 부단히 노력했다. 이전 직장에서와 마찬가지로 나에게 주어진 업무나 필요한 관계를 여과 없이 받아들였다. '김수호'가 적힌 일이라면 당연히 그래야 하는 것처럼 생각하고, 고민하고, 처리했다.

업무를 하며 얽힌 한 사람, 한 사람의 입장까지 세심히 고려하다 보니 과부하가 걸릴 때도 있었지만 나름대로 만족스러웠다. 나다웠으니까. 하지만 마음 한편에서는 애쓰지 않아도 괜찮다는 목소리가 점차 커지기 시작했다. 시간이 흐를수록 그 목소리를 외면하지 않으려 노력했다.

직장에서의 모습을 스스로 저울질하는 사이에도 이별은 가까워졌다. 이제는 나 자신이 감당할 수 없는 무게의 짐을 덜거나 나눌 수 있는 방법을 알 것도 같은데, 시도해볼 수 있는 시간이 남아있지 않다는 게 아쉬울 따름이다. 만약, 일에 대한 부담과 압박을 덜 느꼈다면 동료들과 더 편안하게 대화를 나눌 수 있었을 텐데.

조교와 인턴 역할을 함께 수행하던 내 자리는 직장의 모든 업무와 연관되어 있었다. 걸려 오는 전화를 가장 먼저 받아야 했고, 방문하는 사람들을 앞서 응대했으며, 상사나 동료들이 하는 업무와 관련된 물음에 누구보다 많이 대답해야 했다. 당연하면서도 벅찼던 일들은 동료들의 말에 가만히 귀 기울이고 싶은 나의 모습을 마음속으로 감추게 했다.

대화 나누는 시간을 좋아한다. 싫어하는 사람이 어디 있겠냐마는, 차분하게 마주 앉아 서로에 대해 알아가는 순간을 소중하게 여긴다. 만족할 만큼 충분히 말하고, 눈을 맞추고, 끄덕이고, 대답할 수 있었다면 좋았겠지만, 일에 구애를 받고 있었으므로 그럴만한 여유는 좀처럼 생기지 않았다.

시간의 여유보다는 마음의 여유가 더 컸다. 해야 하는 일들이 줄지어 기다리고 있고, 전화는 언제 걸려 올지 모르고, 새로운 업무가 어떻게 주어질지 모르는 상황에서 말을 걸거나 듣기란 쉽지 않았다. 예정된 시간보다 늦게 퇴근하는 날도 많았고, 집에서 처리한 일들도 있었으니, 동료들과 대화하는 시간이 길었다면 업무와의 연장전을 매일 치렀어야 했을지도 모른다.

이제 나는 안다. 나와 관련된 업무를 내가 모두 해결해야 된다는 잘못된 생각이 나를 고립시켰다는 것을. 동료들이 있었다. 그들은 나의 말이라면 언제든 들을 준비가 되어있는 것처럼 곁에서 나를 지켜봐 주었다. 내가 그들과의 대화를 원하는 만큼, 퇴근 전까지 끝마치기 어려운 일을 부탁하여 함께 처리하고 떠들 수도 있었다. 그러지 않았다. 짊어져야 할 내 몫의 짐이라고, 혼자 해결하는 게 최선이라고 믿었으니까.

보이는 동료들의 바쁨과 피로를 뒤로하고 물어볼 수 있었다. 도와줄 수 있는지. 물어보지 않았다. 원치 않을 거라고 생각했으니까. 하지만 묻기 전에는 모르는 것이 사람 마음이다. 동료들의 겉모습과 평소에 해 주었던 시간이 부족하다는 말들을 근거로 앞서 판단했다. 그들의 진심과는 무관하게 나의 느낌으로만 이해했으니, 나는 또다시 스스로를 외딴섬으로 만들어버리고, 외로워했다.

며칠 전, 상사에게 부탁받은 일이 손에 잡히지 않았다. 동료와 대화를 나누는 순간이 좋아서였다. 평소와는 다르게 그의 말을 잘라가며 하고 싶은 말을 했다. 억울한 마음마저 들었다. 인턴을 수료하게 되면 다시는 느낄 수 없을지도 모르는 바쁨 속의 평온, 소란 속의 고요였기 때문이다. 저녁 7시, 나란히 앉은 사무실, 이따금 서로를 바라보며 감정의 깊이가 만들어내는 눈빛. 다시 마주하게 될 날에 이보다, 이만큼 자연스러울 수 있을까.

그날 나는 일도 수월하게 끝냈고, 동료와도 진솔한 대화를 나눴다. 그토록 우려 했던 일에서 실수하거나, 실망 섞인 상사의 말을 듣거나, 못 끝낸 일을 누군가에게 부탁해야 하는 상황은 생기지 않았다. 깨달았다. 사람이 필요했다, 나에게는. 안으로, 안으로 켜켜이 갇힌 마음을 꺼내어 보일 수 있는 누군가가 절실했다. 단순한 호기심이 아니라 나의 마음을 진심으로 궁금해 하는 한 사람을 바랐다.

나에게는 변치 않는 마음이 있다. 표현하는 것보다, 표현하는 것 이상으로 주변 사람들을 좋아한다. 그들의 목소리를 기억하고, 도움이 될 만한 행동을 생각한다. 그들에게는 말하지 않은 채, 그들이 없는 곳에서도 대신하여 입장을 말할 수 있을 만큼 노력한다. 동료들이 생각하는 그 이상으로 나는 그들을 생각하고, 기다리고, 받아들인다.

내가 생각하는 것 이상으로 동료들이 또한 나를 생각하고 있는지도 모르겠다. 그들로부터 걸려 오는 전화는, 장문의 메시지는, 달달한 간식은 단순한 선행이나 취미 활동은 아닐 거다. 좋아하기 때문이다. 그렇기에 나는 1년이 다 되어가는 오늘에서야 비로소 그들의 진심 어린 사랑을 바라보고, 이해하고, 느껴본다.

내 마음을 궁금해 하던, '언제쯤 꺼내 보일까?' 하며 따뜻하게 지켜보던 그들 한 사람, 한 사람을 아마 잊지 못할 것이다. 기억이 희미해질 때까지 그들의 모습을 떠올리며 미소 짓지는 않을까. 좋아하는 마음이었으니까. 그들은 나에게, 나는 그들에게.

볕과 구름, 바람이 되어
한 사람을 위로할 수는 없지만
바라본다.

그대가 덮은 이불이 내가 되기를.
내가 그대를 감싸 안은 것처럼
토닥이는 것처럼
그대 마음에 온기가 감돌기를.

얇고 낮은 천장으로 나의 마음이 닿기를.

각자에게 어울리는 대화가 있는 법

"수호 씨는 자기표현을 못 하는 사람 같아요."

친해질 때마다 한 번씩 듣는 말이 있다. 왜 그렇게 자신의 얘기를 하지 않느냐는 것이다. 맞다. 나는 내 얘기를 잘 꺼내지 않는다. 자리가 불편하거나 상대방이 싫어서는 아니다. 나를 드러내도 괜찮다는 믿음이 쌓이기까지 시간이 필요하며, 상황에 따라 말을 하는 게 조금 어려울 뿐이다.

말은 한 사람을 판단하는 기준이 된다. 어떠한 말을 어떻게 하느냐에 따라 관계는 가까워지기도 하고 멀어지기도 한다. 예를 들어 함께 입사한 동료와의 첫 대화에서 자신이 느낀 직장에 대해 '동료라는 생각'에 직설적으로 표현한 경우, 동료는 의도대로 '동료애'를 느낄 수 있으나 부담스러워할 수도 있다. 말의 의미를 판단하거나 해석하는 건 상대방의 몫이다. 그렇기에 자신이 아무리 좋은 의도를 가지고 있다고 해도, 상대에게 고스란히 전해져야만 빛을 발할 수 있다.

또한, 말이 길어질수록 오해가 쌓이기 마련이다. 말한 사람의 의도를 명확하게 이해했다면 그나마 낫겠지만, 기억은 점점 희미해지고 상황에 따라 가공될 위험이 크다. 덜 가까운 사람에게는 타인에게 공유되어도 괜찮은 말만 꺼내는 이유이기도 하다. 어느 모임에서 한 동료가 내 속마음을 대신 이야기한 적이 있다. 나는 그가 안전하다고 생각하여 일전에 따로 했던 얘기였는데, 아직 안전하다고 느껴지지 않는 사람들에게 전후 사정이 생략된 채 전달되고 말았다. 그 자리에서 그를 나무랄 수 없었고, 그게 아니라며 전체에게 해명하기에는 그가 겪을 무안함이 걱정됐다. 아무 말도 하지 않고 그의 말이 사실인 양 고개를 끄덕였지만, 나쁜 기분까지도 끄덕이며 받아들일 수는 없었다.

그렇다고 친분이 쌓였다고 곧잘 표현하는 편도 아니다. 여러 사람이 주목하고 있으면 말을 잘 꺼내지 못한다. 하고 싶은 말이 여전히 남아있어도 서둘러 끝내려 한다. 주목받는 것이 내심 두렵기 때문이다. '저들의 눈에 드리워진 기대를 지금 하는 말로써 충족시킬 수 있을까?'란 생각에 이르면 숨은 가빠지고, 말은 빨라진다. 이러한 어려움을 극복하기 위해 그동안 많은 노력을 기울였다. 문제라고 생각했기 때문이다. 시작은 발표였다. 대학생 시절에 동기들 앞에서 처음 발표하던 날이었다. 20여 명 앞에서 발표를 해야 한다는 사실에 떨렸다. 불안과 긴장을 극복하고자 대본을 적었고, 눈으로는 오직 글자들을 쫓으며 준비한 내용을 읽었다. 친구들의 표정을 보지 못해 발표가 어떻게 들렸을지는 모르지만, 떨리던 나의 손과 목소리에서 예상할 수 있었다.

그날 이후로는 발표할 기회가 있을 때마다 자처했다. 잘 해내고 싶었기 때문이다. 대본 없이도 자연스럽게, 유능해 보일 만큼 준비한 내용들을 친구들과 눈 맞추며 멋지게 해 보이기를 원했다. 이러한 과정들이 쌓여 발표처럼 주도하여 대화를 나누는 상황에서는 곧잘 해내게 됐다. 말을 조리 있게 한다거나, 진행을 매끄럽게 한다는 칭찬을 듣는 상황이 익숙해졌으니까. 다만 여전히 어려운 건 네 명 이상이 사적으로 모여 대화할 때다. 그중에서도 어느 타이밍에 말을 꺼내야 할지 판단하는 일은 도무지 나아지지 않는다. 한 사람의 말이 끝나면 나머지 세 명에게 말할 기회가 생긴다. 하지만 '나를 제외한 다른 두 사람이 말을 꺼내지는 않을까?' 하는 생각이 들면 말할 타이밍을 놓치게 된다. 생각이 꼬리를 무는 동안 누군가의 말이 이어지고, 기다렸다는 듯 웃으며 고개를 끄덕이다 보면 입을 열 기회는 어느새 사라진다.

　말을 쉽게 꺼내지 못하는 나를 변화시키기 위해 여러 모임에 나갔다. 술자리와 친목 모임, 스터디처럼 만날 기회가 생기면 마다하지 않고 참여했다. 발표와는 다르게 대부분 실패로 돌아갔다. 그들과의 시간이 끝나고 집으로 돌아갈 때면 가슴에 구멍이 뚫린 것 같은 공허함을 느꼈다. 말을 꺼낼 타이밍을 잡지 못하고, 하고 싶은 말들을 마음속에서 희석시키는 내가 답답하고 싫었다. 그에 더해 자기를 표현해야 한다는 사람들의 말을 들으며 고쳐야 한다고 믿었다. 분명, 문제였으니까. 여럿이 모이면 표현하지 못하고, 적응하지 못하며, 겉도는 사람이 되어 외롭게 지냈으니까.

　하지만 노력으로도 변하지 않는 모습은 누구에게나 있다. 누군가는 여전히 발표가 주는 불안으로 어려움을 겪고 있을지 모른다. 반면에 그 사람은 네 명 이상이 사적으로 모인 자리에서는 자신이 하고 싶은 말을 자유롭게 표현할지도 모른다. 우리는 저마다 잘한다고 생각하는 모습과 열등하다고 생각하는 모습이 있다. 열등하다고 믿는 자신의 일부를 극복하고자 노력하며 우리는 때때로 성장한다. 그러나 높고 꾸준한 현실의 벽에 마주할 때면 노력의 한계를 경험하게 된다. 실패라고 느껴지는 경험 앞에서 우리는 좌절하고 절망한다.

실패의 그림자 아래에서 헤매던 나에게 거듭된 경험은 말했다. 진정한 의미의 성장은 어쩌면 열등하다고 믿는 스스로의 모습조차 받아들이는 것이 아닐까. 극복하기 위해 애쓰는 것만이 아니라, 애쓴 스스로를 이해하고, 기울인 노력들을 인정하며, 경험 그 자체를 고스란히 받아들이려는 마음이야말로, 나로서 살아가도록 격려하는 힘이 아닐까.

수용은 하는 게 아니라 되는 것이라고 한다. 여러 사람과 사적으로 모여 대화하는 자리는 나에게 어울리지 않으며, 소수와의 깊은 대화가 나에게 맞는 옷이라는 경험을 나는 수용하게 됐다. 받아들이기로 했다. 한 사람과 눈을 맞추고, 귀담아듣고, 이어지는 말은 없는지 기다린 이후에, 하고 싶은 말을 이어나가는 대화가 나에게 어울린다는 마음의 소리를.

글의 생생함을 찾아서

글쓰기 플랫폼에 글을 써볼 것을 제안한 후배와 만났을 때다. 그에게 내가 올리는 글에 대해 물어봤다. 취미로 썼던 글부터 꾸준히 보아왔던 후배이므로 최근 글에 대해 평가해 줄 수 있을 거라고 기대했다. 후배는 말했다.

"선배. 글이 깔끔하고 정성스러워졌지만, 이전보다 생생함은 떨어지는 것 같아요. 저는 개인적으로 예전 글이 더 좋아요."

후배가 말한 예전 글은 퇴고 없이 올린 경우가 많았다. 생각의 흐름대로 적고 이상한 부분이 없는지 한 번 정도 확인하고 올렸다. 반면, 최근 글에는 온갖 노력이 들어갔다. 사람들에게 어떻게 읽힐까, 사람들이 좋아할까 등을 고려하며 군더더기 없는 글을 쓰고자 최선을 다했다.

노력이 덜 들어간 글이 좋았다는 반응은 의외였다. 글의 방향을 잘못 잡은 것일까. 나름 읽어주는 사람이 꽤 많았던 터라 후배의 말은 크게 와 닿지 않았다. 이후로도 많은 노력이 들어간 글을 썼으며, 그 노력은 6년이 지난 지금까지도 꾸준하게 이어지고 있다.

상담을 공부하며 말하는 걸 어려워하는 사람이 많다는 사실을 알게 됐다. 나만 유독 어려워하는 줄 알았는데, 자신의 마음을 솔직하게 말하는 걸 곤란해 하는 사람들을 주변에서도 찾아볼 수 있었다. 그 사람들에는 가족, 회사 동료, 친구에 이르기까지 다양했다. 그들과의 꾸준한 대화를 통해 알게 된, 솔직하게 말하기 어려운 이유 중에 하나는 자신의 말을 어떻게 받아들일지에 대해 염려하는 마음이었다.

어떠한 말은 마음속에서 오래 묵었을 테고, 어떠한 말은 이제 막 생겨 시큼한 냄새를 풍기고 있을지 모른다. 마음에 담긴 말은 어떤 형태로든 표현하지 않으면 탈이 난다. 말은 자신의 생각, 감정, 느낌 등을 전달하는 수단이다. 관계에서 자신의 성향, 가치관, 경험 등을 바탕으로 고유하게 생성한 언어를 스스로 알아주지 않거나, 표현하지 않는다면 자기 존재를 부정하는 것이나 다름없다.

알면서도 주저하게 되는 이유는 어렵게 꺼낸 말들이 만들어낼 상황을 예측할 수 없기 때문이다. 그렇지만 이는 말의 매력이기도 하다. 말은 언제나 초고이다. 글은 퇴고할 수 있지만, 말은 퇴고할 수 없다. 발표처럼 미리 대본을 쓰는 상황이 아니라면 말은 세상에 나온 그대로 사람들에게 전해진다.

처음이 주는 생생함은 누구나 경험해 보았을 것이다. 예를 들어 상사와의 갈등으로 고민하던 한 사람이 친구를 만나 난생처음 말하는 상황을 상상해보자. 그 사람은 아마도 친구에게 자신의 상황을 설명하며 그 순간에 몰입할 것이다. 그때 자신의 표정이나 자세, 말의 속도나 감정은 그 어느 때보다 생동감이 넘칠 것이다. 누가 들어주느냐에 따라 다를 수 있겠지만, 두 번째 이야기할 때는 처음만큼의 생생함은 줄어들 것이다. 대화의 주제나 상황이 익숙해지기 때문이다.

나는 말을 잘 못 하는 사람 중 한 명이다. 언제나 솔직하게 말하고 싶지만, 상대방이 어떻게 받아들일지 예상되지 않는 상황에서는 조심스럽다. 하지만 예상은 예상일 뿐이다. 오래 지켜보았어도 실제 대화를 나누면 지내온 시간이 무색할 만큼 새로운 모습들을 발견하게 된다. 숱한 관찰보다, 잦은 일상의 대화보다, 마음으로 나누는 한 번의 대화가 서로의 진심에 가 닿는 최고의 방법이라는 것을 깨달았다.

후배가 나의 글에서 찾고 싶었던 것은 정갈한 한식 차림이 아니라, 보글보글 끓다가 국물이 테이블 밖으로 튀기도 하며 뜨거움이 고스란히 전해지는 김치찌개였다. 한입 가득 넣으려다가 입천장을 데기도 하고, 얼큰함에 목이 메어 기침도 하고, 황급히 물을 마시며 입 안으로 부채질하게 되는, 그런 생생한 글을 이야기했던 것이다.

생생함을 살리기 위해서는 목소리를 더욱 키워야 한다. 그 소리는 내가 낼 수 있는, 나만의 소리이다. 사람들에게 어떻게 읽힐까, 사람들이 좋아할까를 애써 고민하기보다는 표현하고 싶은 그대로를 쓰는 것이 나에게도, 사람들에게도 깊은 울림을 줄 수 있지 않을까. 어쩌면 이 글이 생생함을 찾고자 하는 나의 새로운 시작이 되어 줄지도 모르겠다.

마음을 열고 열림 버튼을

아빠의 성격은 유독 급한 편이다. 고모가 "너희 아빠는 왜 저렇게 성격이 급한지 모르겠다."라고 말한 적도 여러 번이다. 나 또한 아빠의 급한 행동으로 불편함을 느꼈던 적이 많다. 밥을 먹을 때에도 젓가락이 보이지 않을 정도로 빠른 편이라 덩달아 서둘러 먹게 되고, 외출을 함께 할 때면 일찌감치 문밖으로 나가 기다리는 탓에 정신없이 준비를 하게 된다.

이해하는 부분도 있다. 아빠의 급함은 환경적인 요인이 클 것이다. 50년대에 태어난 아빠는 네 형제의 장남이자 '욱'하는 성품의 할아버지 밑에서 성장했다. 경제적으로 여유 있는 가정은 아니었기에 일찍이 가족의 생계를 책임

져야 했던 아빠에게 시간이란 절약할수록 어려운 형편에서 벗어날 수 있다는 희망을 품게 하는 수단이었을 테다.

부모님께서 어렵게 모은 돈으로 몇 년 전에 이사 온 아파트에는 할아버지, 할머니들이 많이 거주한다. 지어진 지 30년도 더 된 아파트라 어르신들과 세월을 함께 보낸 건 아닐까 생각하기도 했다. 한 동마다 15층, 한 층에 10가구씩 살아가고 있다. 거주하는 사람은 제법 많은 편인데 하나뿐인 엘리베이터가 이따금 조급함을 불러일으킨다.

특히, 1층에서 가까스로 놓친 엘리베이터가 10층을 넘어가면 애가 타기 시작한다. 이런 경우에는 '조금만 서둘러 왔더라면……'이라고 스스로를 다그치게 된다. 엘리베이터 문이 닫히는 소리와 함께 타지 못하는 경우가 늘어나면서 새로운 습관을 들이게 됐다. 엘리베이터가 1층에 도착하면 왼쪽과 오른쪽을 차례로 살펴보는 일이다.

주로 엘리베이터에 먼저 타서 '열림' 버튼을 누르는 편이지만, 안에 타 있는 사람이 많거나, 함께 기다리던 사람이 많거나, 멀리서 달려오는 사람이 보이면 밖에서 누르고 있는 경우도 있다. 일상에서 가벼운 목례나 고맙다는 인사를 가장 많이 듣는 곳이 엘리베이터이기도 하다. 누군가는 나의 행동을 부담스럽다고 느꼈을 수도 있겠지만, 열림 버튼은 '배려'라는 작은 마음을 이웃에게 나눌 수 있는 소중한 도구라고 생각한다.

최근, 대부분의 엘리베이터에는 코로나19 전파 방지를 위한 필름이 부착되어 있다. 까끌한 비닐이 씌어 있다는 것을 열림이나 층 버튼을 누를 때마다 실감한다. 그러다가 하루는 특이한 점을 발견했는데, 다른 버튼에 비해 유독 '닫힘' 버튼의 코팅만 심하게 벗겨져 있었다. 반대로 열림 버튼의 코팅은 마치 새것처럼 그대로 남아 있었다. 우리가 그동안 닫힘 버튼을 얼마나 자주, 세게 눌렀는지가 해진 필름을 통해 여실히 드러났다.

어쩌면 우리 아파트에 거주하는 사람들에게는 아빠와 같은 사정이 있었는지도 모르겠다. 요즘만큼 살기 어려웠던 과거 세대의 어른들에게 서두름은 선택이 아닌 필수였을 것 같다. 아빠의 '급함'을 달리 생각하면 '부지런함'이나 '성실함'에 가깝기도 하다. 빠르게 움직인 만큼 절약된 시간은 대부분 가족을 위해 쓰였으며, 이로 인해 우리 가족이 보다 편안하게 지낼 수 있었던 것도 사실이다.

다만, 서두름 속에서도 주변을 둘러볼 여유를 갖는 노력은 필요하다. 부지런함이나 성실함은 누군가에게 급함으로 전해질 수 있기 때문이다. 좁은 길을 걷다 보면 주변 사람들의 빠른 걸음으로 '서두름'을 강요받을 때가 있다. 물론, 출근 시간과 같은 때라면 주변 속도에 맞출 필요는 있겠지만, 느리게 걷고 싶은 사람도 있을 수 있다는 사실을 기억해야 한다.

배려는 서두름이 아닌 '기다림'에서 비롯한다고 생각한다. 닫힘 버튼을 연신 누르며 더 빨리 집으로 올라갈 수도 있겠지만, 1~2초 정도의 주변을 둘러보는 시간이 이웃을 위한 배려를 실천할 수 있는 좋은 기회라고도 생각한다. 닫힘보다 열림이 환영받는 시대가 찾아왔으면 하는 바람이다. 어쩌면 열림으로 펼쳐지는 목례나 가벼운 인사말이 코로나19로 인해 닫힌 우리의 마음을 열게 하는 마법의 버튼이 되어주지는 않을까.

나이를 떠나 닫힘 버튼에 먼저 손이 가는 상황들을 많이 보았어요. 이웃들을 위해 이따금 열림 버튼에도 손이 갈 수 있도록 마음을 열고, 1~2초의 여유를 가져보는 건 어떨까요?

다소 느릴지라도 함께, 멀리

작년에 근무한 직장에서 과제를 내준 적이 있었다. 인턴으로 근무하던 때라 과제가 부담스러우면서도 배움의 기회로 생각하며 최선을 다했다. 상사는 일찍이 지나가는 말로 2월 말까지 제출해달라고 했기에 진즉에 사내에서 사용하는 인트라넷에 업로드 해뒀다.

2월 중순이 되어 상사는 과제 작성 여부를 물어봤다. 내가 아닌 옆자리의 동료에게 물었고, 동료는 "아직 못 했습니다."라고 답했다. 나에게는 따로 묻지 않았던 상사는 우리 둘에게 2월 말까지 제출해줄 것을 당부했다. 그 과제가 인턴 교육 활동을 증명하는 자료로 활용될 예정이기에 필요하다는 말을 덧붙이면서.

인트라넷 설정상 제출까지 눌러야 상사가 확인할 수 있으므로 내가 과제를 했는지 확인할 방법은 당연히 없었을 것이다. 다만, 미리 완성하여 저장해두었기에 1분만 있다면 그 자리에서 바로 제출할 수 있었다. 나의 노력을 몰라주는 것만 같아 이미 완료했다고 말할까 망설이다가 이내 포기했다. 동료가 생각났기 때문이다.

일과 병행하며 인턴을 하던 동료에게 시간은 유독 중요해 보였다. 내고, 내도 부족한 것이 시간이라던 그의 말이 여전히 기억에 남는다. 이런 동료가 상사 앞에서 난처한 표정을 짓는데, 알아봐 주었으면 하는 개인적인 마음이 앞선다는 게 올바르지 않다고 느껴졌다. 나는 2월 말까지 내겠다며 힘차게 대답하고 과제를 안 한 사람처럼 가만히 있었다.

첫 직장에서 온라인 모금을 통해 많은 사람의 관심을 받은 적이 있었다. 전체적인 구상이나 글 작성, 관리 등을 도맡아 했기에 뿌듯한 마음이 들었다. 매주 금요일이면 전 직원회의를 했는데, 하루는 관리자가 내 이름을 호명하며 성과에 대해 칭찬했다.

온라인 모금 업무를 2년 정도 담당해왔는데, 사람들

의 관심을 받게 된 건 불과 몇 주 되지 않았었다. 그간의 노력을 이제야 알아주는 것 같아 기쁘면서도 혼자서 해낸 게 아니었기에 "함께 도와준 분들이 있습니다."라고 말하며 그들을 소개했다. 후배 A는 내가 작성한 글을 보고 자신의 의견을 들려줬고, 선배 B는 모금설명서에 들어갈 사진을 직접 찍어줬다고 말했다. 그렇게 우리는 전 직원의 박수를 받았다.

돌이켜보면, 우리가 하는 일의 대부분은 사람과 얽혀 있다. 혼자 수행하는 일일지라도 그 과정을 살펴보면 다른 누군가와 연결되어 있다. 만약, 첫 번째 상황에서 상사에게 이미 과제를 완료했다고 말했다면 어땠을까. 두 번째 상황에서 함께 한 동료들의 노력은 알아주지 않고 혼자서 박수갈채를 받았다면 어땠을까. 그 당시에는 만족스러웠을지 모르지만, 그리 오래가지는 않았을 것 같다.

'혼자 가면 빨리 가고, 함께 가면 멀리 간다.'는 명언이 있다. 애초에 빨리 가고 싶은 마음도 없지만, '함께'라는 단어를 좋아하는 나이기에 '멀리'라는 덤까지 얻을 수 있는 이 말은 좌우명과도 같다. 앞선 두 가지 상황에서 돋보이기 위해, 인정받기 위해 애썼다면 해낸 만큼을 다시 해야 한다는 부담감 앞에 홀로 서야 했을 것이다. 또한, 자기만 생각한다는 이유로 동료들과의 관계가 소원해지거나, 불편해지며 직장 생활을 어렵게 했을 것이다. 하지만 동료의 사정과 노력을 말로, 마음으로 담아냄으로써 덜 주목받을지언정 그들과 함께, 멀리 걸어가는 동료가 될 수 있었다.

가끔 인생은 2인 3각 같은 게 아닐까 생각한다. 초등학교 운동회 때 2인 3각에 참여했던 기억이 난다. 맞닿은 발을 틀에 넣고 세 개의 발로 달려가는 그 과정은 때로는 조바심을, 때로는 답답함을 불러일으켰다. 옆의 친구가 나보다 빠르게 가려고 하면 속도를 내지 못하는 내가 원망스럽고, 내가 내려고 하는 속도보다 친구의 움직임이 더디면 옆으로 지나가는 친구들을 보며 울적해졌다.

그러나 "하나, 둘" 함께 구령에 맞춰 내딛는 걸음에 집중하다 보면 속도나 경쟁이 그다지 중요하지 않다는 사실을 깨닫는다. 우리의 발이 점점 박자를 맞춰 속도가 나고 있다는 자체가 우리를 기쁘게 하는 것이다. 빠르지는 않더라도, 높은 순위에 들지는 못할지라도 함께 땀을 흘리며 나아가는 그 순간은 어떤 결과보다 소중하고 가치 있다.

우리의 일상도 마찬가지가 아닐까. 수많은 사람과 다양한 이해관계로 얽혀있는 것이 우리네 삶이고 관계이다. 때로는 경쟁해야만 하고, 가끔은 상처를 주거나 받기도 하지만, 보이지 않는 줄로 한쪽 다리를 묶은 채 공동체로서 함께 살아가는 것이 우리 삶의 모습이 아닐까. 단, 가족이나 친구, 동료처럼 저마다에게 중요한 사람이라는 가정을 전제한다. 줄이 필요치 않은 관계도 있기 때문이다.

좋은 일에도, 안 좋은 일에도 발맞추어 나아가고 견디며 살아가는 삶이야말로 축복받은 삶이 아닐까. 함께 손을 맞잡고 구호를 외쳐줄 누군가가 있다는 사실은 우리에게 넘어져도 괜찮다는 믿음을 심어준다. 넘어진 고통에 인상을 찡그리며 눈물을 머금으면 그 자리에 서서 손 내밀며 기다려줄, 강한 햇살과 마주해도 그보다 눈부신 누군가의 미소를 상상할 수 있으니까.

가끔은 안경을 벗고 걷기도 한다.
타인의 시선을 의식하고 싶지 않을 때,
흐릿해진 사람들의 모습은
걸음을 또한 가볍게 한다.

그 무엇도 선명하지 않은 길 위에서
나는 치유 받는다.

내가 신경 써야 할 것은
오직 나아가는 걸음뿐이다.

고개를 돌리면 보이는 것은

사랑이라는 인내의 시간

"수호야. 이발 기계 샀으니까 머리 자르고 싶으면 얘기해."

몇 년 전이었던가. 어린 조카들의 머리카락을 직접 잘라주기 위해 엄마는 이발 기계를 구입했다. 엄마는 누나에게 부탁하여 인터넷으로 산 이발 기계를 조카들이 미용실 의자에 의젓하게 앉게 될 때까지 사용했다. 미용 가운을 두른 채로 목욕탕 의자에 앉아 굵은 눈물을 흘리던 조카들의 사진 속 표정은 다시 찾아보지 않아도 여전히 선명하다.

조카들이 크며 켜지지 않을 줄 알았던 이발 기계가 오

늘도 충전 중일 거라고는 예상하지 못했다. 코로나19가 크게 확산되던 시기에 두 달 정도 이발을 안 했던 적이 있었다. 3~4주에 한 번 이발을 할 정도로 나는 머리카락에 예민한 편이다. 곱슬머리에 가깝고 머리숱이 많기에 자주 다듬지 않으면 지저분해 보이기 때문이다.

하루는 거실 소파에 앉아 쉬고 있는데 엄마가 말했다. "수호야. 머리 한 번 다듬어줄까?" 엄마의 말에 솔깃했던 나는 '옆과 뒷머리를 다듬어볼까?' 하는 마음으로 제안을 수락했다. 기대하지 않았던 엄마의 솜씨는 대단했다. 요즘 스타일로 잘라줄 수도 있다며 바짝 올린 옆머리가 마음에 걸려 투정을 부리기도 했지만, 주변 사람들에게 그동안 보아왔던 스타일 중에 가장 깔끔하다는 평가를 들을 정도로 괜찮았다. 특히 좋았던 것은 미용실에서와 달리 나의 의견을 편히 전달할 수 있다는 점이었다. 나의 의지에 의해 이발을 중단하며 대화를 나눌 수도 있고, 원하는 스타일을 구체적으로 얘기할 수 있다는 점은 동네 최고의 쫄보로 유명한 나에게는 새로우면서도 시원한 방식이었다.

어제는 엄마에게 세 번째로 머리카락을 다듬은 날이었다. 정성스레 잘라주시는 데에 대한 감사의 마음으로 드리는 용돈도 세 번째가 될 거라는 의미이기도 했다. 엄마는 위로부터 내려오는 옆머리를 핀으로 고정해 9mm 길이의 탭이 끼워진 이발 기계로 오른쪽부터 밀기 시작했다. 가운 안으로 손이 가려져 있기도 했고, 머리카락이 떨어지는 통에 핸드폰을 만질 수는 없었으므로 나는 베란다 밖을 가만히 보았다. 미용실이었다면 분명 거울로 비치는 몰골에 두 눈을 질끈 감고 있었을 테지만, 거실인 덕분에 꾀죄죄한 모습으로부터 자유로울 수 있었다.

왼쪽 옆머리를 자를 때였다. 이발 기계와 맞닿은 부위에서 진동이 느껴졌다. 그 진동이 문득 기계에 의한 것인지, 엄마의 손에 의한 것인지 구분되지 않았다. 저릿한 마음으로 흘겨본 엄마의 얼굴에는 세월이 내려앉아 있었다. 안경이 닿을 만큼 가까이서 본 게 얼마 만이었을까. 내가 기억하고 있던 엄마의 얼굴은 온데간데없었다. 드라마에서 보던 할머니라는 인물이 보여주는 인상과 많이 닮아 있었다.

상담을 받거나 글을 쓰며 내가 성장하는 데 엄마의 영향을 크게 받았다는 사실을 알게 되었다. 무엇보다도 지금의 내 성격이 엄마와 판박이처럼 닮아있다는 걸 깨달

앉던 날에는 30대의 삶을 나처럼, 나보다 불안해하며 살아갔을 엄마에 대한 연민의 마음으로 눈물을 흘리기도 했다. 주변에 가까운 친구가 없어서, 자신의 얘기를 꺼낼 수 있는 아들이 가까이에 있어서 좋다는 엄마. 엄마는 어쩌면 내가 받지 못한 사랑, 채워지지 않는 애정의 욕구로 사람들에게 잘 보이기 위해 애쓰는 사람으로 살아가고 있다는 걸 영영 알지 못할 수도 있다.

어린 시절이 떠오른다. 시험은 잘 보았는지, 저녁으로는 무얼 먹었는지, 친구 중에는 누구와 가까운지, 아니 친구가 있는지 묻지 않았던 이유는 아마도 엄마의 삶이 그만큼 고달팠다는 뜻이기도 할 테다. 나는 힘이 들 때마다 혼자 하늘을 보며 풀었지만, 엄마는 집안을 보며 삭혔을 테니까. 엄마에게 머리카락을 맡긴 채 편안히 하늘을 보는 나와 당연하지 않은 일을 당연하게 여기며 머리카락을 세심하게 바라보는 오늘의 엄마처럼.

엄마의 마음을 이 세상 누구보다 잘 알고 있다고 자부할 수 있다. 물론 여전히 못 들은 엄마의 얘기가 많겠지만, 그만 듣고 싶다는 나의 마음을 내색하기보다는 인내하며 들었던 시간이 이를 증명한다. 사실, 듣고만 있었던 것은 아니다. 스스로 필요성을 인식하고 의식적으로 꺼내는 자기표현이 늘었기 때문이다. 때로는 집 안에서 나의 떨리는 목소리가 들리기도 했고, 서먹한 기운이 감돌기도 했다. 엄마가 내 삶을 궁금해 하지 않는다는 불만이 커질 때면 불편한 공기는 더욱더 짙어졌다.

하지만 최근 나의 방식은 조금 달라졌다. 엄마에게 불편한 마음을 굳이 표현하지 않는다. 다만, 느껴본다. 어떤 이유 때문에 엄마에게 불편한 마음이 들었는지, 불편한 마음이 왜 들 수밖에 없었는지 스스로 알아주기 위해 노력한다. 그러다 보면 엄마가 내 삶을 궁금해 하지 않는 게 아니라, 엄마가 짊어진 삶의 무게가 스스로 소화할 수 있는 무게보다 크기 때문에 세세하게 물어볼 마음의 여유가 없었다는 걸 깨닫게 된다.

상담사 선생님의 말이 문득 떠오른다. 엄마가 주기 어려워하는 사랑을 엄마에게 받기 위해 애쓸 필요는 없다고. 주변을 둘러보면 그만한 사랑을 줄 수 있는 사람들이 이미 있거나, 찾을 수 있을 거라고. 상담을 받을 때에는 와 닿지 않던 말이 오늘에서야 내 마음으로 다가온다.

엄마는 여전히 나의 하루를 묻지 않는다. 오늘 일은 어땠는지, 왜 이렇게 늦게 들어왔는지, 월급은 얼마나 받는지. 하지만 빠지지 않고, 한결같이 묻는 것도 있다. "수호야. 밥은 먹었냐?" 사람은 역시 자신이 보고 싶은 것만 보고, 듣고 싶은 것만 듣나 보다. 이제는 받아들여야 할 때가 된 것 같다. 사랑받지 못하고 있다는 생각에 꽂힌 나머지 받고 있던 사랑조차 알지 못했던 지난날의 내 모습을.

한 사람과 가까워진다는 것

2년 전, 가까워진 친구가 한 명 생겼다. 그의 이름은 민호이며 대학원 수업을 함께 듣는 사이다. 1학기가 시작되던 봄에도 같은 수업을 들었다. 서로 모르는 상태에서 신청한 강의가 우연히 겹쳤던 것이다. 당시에는 눈이 마주칠 때마다 목례만 주고받았다. 강의 전후로 대화를 나눌 여유가 없지는 않았다. 관계의 첫 매듭을 짓는 일이 다만 어려웠을 뿐이다.

대학원 입학 후, 친구와의 선약 때문에 동기들과의 첫 모임에 빠졌었다. 대수롭지 않게 여긴 탓이 크다. 학기가 시작되면 학과 사람들과는 차차 알아갈 수 있으리라 생각했기 때문이다. 아니었다. 개강 이후로는 학과 사람들과 친해질 계기는 없었으며, 같은 강의를 듣는 사람들과 관계를 맺으며 발을 서서히 넓혀야 했다.

친해진 동기들과 처음 보는 선배들 사이에 내가 끼어들 틈은 적었다. 그들이 대화하고 있을 때 말을 꺼낼 타이밍을 재다가 하고 싶은 말의 대부분을 마음속에서 희석시키던 나였다. 3월 말에 있던 모임에서도 별다른 말을 하지 못했던 건, 단지 다른 사람들의 말을 자를 자신이 없었기 때문이었고, 적막을 깨고 사람들의 이목을 집중시킬 용기가 나지 않아서였다.

이랬던 내가 학과 사람들과 친해질 수 있었던 데에는 진실함이 한몫했다. 내성적인 성향을 외향적으로 보이기 위해 애쓰지 않고, "나는 내성적이에요."라고 말하기 위해 기울였던 노력들은 사람들과 가까워지는 데 도움이 되었다. 새롭게 알게 된 여러 사람 중에서 민호와의 관계는 보다 특별하다. 친해질 수 있는 관계를 나의 오해로 소원하게 만들 뻔했기 때문이다.

2학기 개강 첫날, 강의실 맨 앞줄에 앉아있던 민호를 발견했다. 앞선 강의가 쉬는 시간까지 꽉 채워서 끝났으므로 뒤늦게 강의실에 도착했던 나는, 출석을 부를 때가 되어서야 민호가 같은 강의를 수강한다는 걸 알게 됐다. 평소 같았으면 '같은 수업을 듣는구나.' 하고 넘어갔을 것이다. 인사하며 나누게 될 반가움보다, '반기지 않으면 어떡하지.' 하는 두려움이 더욱 컸기 때문이다. 하지만 이 날은 조금 달랐다. 내성적인 나를 스스로 받아들였던 덕분일까. 강의가 끝나고 민호에게 다가가 "안녕하세요." 하며 수줍게 인사를 건넸다.

되돌아올 반응을 예상하기는 어려웠다. 민호가 어떠한 사람인지, 무엇을 좋아하고 싫어하는지 그에 대해 아는 바가 전혀 없었기 때문이다. 냉소적인 표정으로, 무미건조한 목소리로 반응하지는 않을까. 인사를 건네면서도 나는 겁을 냈다.

"선생님~"이라며 민호는 나를 반겼다. 긴장감이 풀어지는 게 느껴졌다. 1분 남짓한 시간 동안 근황을 나누고 헤어졌지만, 나에게는 그 자체로 성공적인 경험이었다. 친하지 않은 사람에게 다가가 이름을 부르며 인사하는 건, 나에게는 그간 어려운 일이었으니까.

민호와의 인사는 다음 주에도 계속됐다. 이날 또한 앞선 강의가 쉬는 시간까지 채워서 진행됐으므로, 강의가 끝나고서 인사할 수 있었다. 민호는 반갑게 맞아주었고, 점점 가까워지고 있다는 걸 느낄 수 있었다.

인생에 오르막과 내리막이 있듯, 관계에도 굴곡이 있다. 늘 좋을 수만은 없다. 나빠지기도 하고, 어색해지기도 한다. 중요한 건 개인의 의지나 노력만으로 해결할 수 없는 관계의 특성이 있다는 걸 받아들이는 것이다.

민호와의 관계에 위기가 찾아왔었다. 강의가 끝나고 민호가 서둘러 하교하면서부터였다. 인사하기 위해 가까이 가려고 하면 민호는 일찌감치 문밖으로 걸어가고 있었다. 이름을 크게 부르며 인사할 자신은 없었다. 이러한 상황은 몇 주간 반복됐다. 친해지기 위해 다가갔던 나를 부담스럽다고 느낀 건 아닐까. 속앓이를 하며 민호의 멀어지는 뒷모습만 가만히 바라보았다.

관계는 민호가 뒷자리에 앉으면서부터 나아지기 시작했다. 맨 앞자리는 교수님과 너무 가까웠다며 민호가 나와 같은 뒷줄로 자리를 옮겼고, 우리는 옆 분단에 나란히 앉았다. 이날의 경험은 타인의 행동을 해석하는 나의 모습을 돌아보게 했다. '내가 부담스러운 건 아닐까?' 했던 생각이 민호의 맑은 웃음과 목소리를 통해 잘못됐다는 것을 깨달았다.

우리는 주로 강의가 끝나고 귀가하는 길에 대화를 나눴다. 학교에서 지하철역까지 10분 정도의 거리를 수다로 가득 채우며 숨 가쁘게 걸었다. 글 쓰는 취미가 서로에게 있다는 걸 알고 난 이후부터는 그 시간이 더욱 짧게 느껴졌다.

민호가 먼저 다가옴으로써 나 스스로를 탓하려고 하는 삐죽한 마음이 사라지는 걸 느꼈다. 관계에는 공식이 없다. 각자에게 맞는 방식으로 상대방에게 관심을 기울이고 알아가며 다가설 뿐이다. 물론, 상대방의 방식에 대한 존중이 전제되어야 한다.

친해지고 싶다는 마음만으로 민호에게 무턱대고 다가갔다면 어색한 사이가 됐을 수도 있다. 민호가 나를 반기지 않을 거라고 생각하며 먼저 다가가지 않았다면 친해질 기회조차 없었을 수도 있다. 또한 '나에게 부담을 느끼는 건 아닐까?' 걱정할 때 민호가 먼저 다가와 주지 않았더라면 우리의 관계는 어색하게 끝났을 수도 있다.

여전히 민호에 대해서는 모르는 부분이 많다. 궁금하

다. 어떻게 지내왔으며, 어떤 가치를 중요시하며 살아가는지. "언제 한 번 시간 내서 이야기 나눠요."라는 말은 왜 그렇게 입 밖으로 나오지 않았을까. 더듬거리다가 한 학기가 덜컥 끝나버렸다.

민호와 소통하며 나는 알게 됐다. 사람을 알아가는 과정은 즐겁고, 생각은 현실과 다르며, 시간을 두고 서서히 가까워지는 관계도 있다는 것을. 만약, 기회가 된다면 존재하는 것만으로도 누군가에게 위안을 주는 사람이 있고, 민호가 나에게는 한 학기 동안 그런 사람이었다는 걸 말해주고 싶다. 감사한 마음을 담아 진심으로.

앞으로는 사람들의 반응을 살피며 때로는 부드럽게, 때로는 과감하게 대하며 마음을 주고 싶다. 친구를 사귈 때에는 한 사람의 방식만이 옳을 수는 없으니까. 기꺼이 기다리고 다가서며 어울리고 싶다.

어깨 펴고, 당당하게

"선생님, 어깨 좀 펴고 다녀요."

'착하다'만큼 자주 듣는 말이다. 어깨를 움츠리고, 허리를 굽히고 다니는 게 습관이기 때문이다. 특히 처음 만나거나 불편한 사람들 앞에서는 어깨의 간격을 더욱 좁히고, 허리는 마치 90도로 직각 인사를 건네는 것처럼 굽힌다.

태어날 때부터 허리와 어깨를 구부정하게 하고 다녔던 것은 물론 아니다. 나도 어깨를 당당히, 허리를 꼿꼿이 펴고 다니던 시절이 있었다. 장기자랑으로 친구들 앞에서 춤을 추기도 하고, 수업 시간에는 손을 들고 당당하게 발표하던 모습들이 또렷하게 기억난다. 돌이켜보면, 중학교 3학년 이후부터 줄곧 어정쩡한 자세로 사람들 앞에 섰다.

어깨를 굽히고, 허리를 숙이며 사람들에게 다가갔던 이유는 스스로 낮춰 보임으로써 사람들에게 편안하게 다가가기 위함이었다.

2003년, 열여섯 살이 된 나에게 침묵의 시기가 찾아왔다. 1학기 때까지만 해도 서로에게 별칭을 지어주며 친하게 지내던 친구들이 있었다. 그러나 2학기가 되면서부터 나는 친구들과 멀어졌다. 친구들은 변함없이 나를 대했지만 나는 친구들에게 어떻게 다가가야 하는지, 친구들의 말과 행동에 어떻게 반응해야 하는지 도무지 감을 잡을 수 없었기 때문이다.

이유를 알 수 없는 무기력한 시간이 찾아왔다. 나는 친구들에게 다가가는 방법이나 호의적으로 다가오는 친구들에게 반응하는 방법을 새까맣게 잊어버린 사람처럼 행동했다.

세상에 홀로 내던져진 느낌이었다. 하나의 작은 일도

큰 사건처럼 다가왔고, 학교에서 마주하게 되는 여러 상황에 의기소침해했다. 한동안 친구들의 주변을 말없이 맴돌았고, 마치 예견되어 있던 것처럼 그들의 기억 속에서 활기찬 나의 모습은 서서히 잊혀졌다.

수업 시간은 그나마 나았다. 선생님 말씀을 가만히 앉아 듣고 있으면 됐으니까. 다만 쉬는 시간이 찾아오는 게 두려웠다. 친구가 없는 교실에서, 관심이 묻어나는 목소리가 오고 가는 공간에서 혼자가 되는 것만큼 외로운 경험은 없었다. 하루에도 몇 번씩 찾아오는 10분 남짓의 시간을 보내기 위해 나는 책상에 바짝 엎드려 있어야 했다. 피곤하지는 않았지만, 소외감을 견디기 위한 방법이었다. 이따금 "쟤는 매일 자네."라는 목소리가 들렸다. 그럴 때마다 나는 덜 감긴 눈을 감추기 위해 더욱 웅크렸다.

이 시절부터 나는 스스로를 낮추어 보았다. 마음과 반대되는 우스꽝스러운 행동을 하며 친구들에게 웃음을 주기도 하고, 친구들의 취향에 맞추기 위해 나의 선호를 외면했다. 주변으로부터 착하다는 이야기를 들을 수 있었고, 외면적으로는 친해진 듯했으나, 내면에는 어떠한 노력으로도 결코 채워지지 않는 그늘진 구석이 있었다.

그렇게 나는 겉으로는 친해 보이나, 속으로는 외로운 관계를 유지해갔다.

고등학교에 들어가서 새로운 친구들을 만나고, 관심을 주고받으며 친구 관계로 인한 고민은 점차 사라지기 시작했다. 하지만 나의 말이나 행동으로 인해 친구가 실망하거나 떠나갈까 봐 두려워하는 마음은 여전했다. '중학교 3학년 때처럼 투명인간이 되어 그림자 없이 교실을 떠도는 건 아닐까?' 하는 생각이 들 때면, 친구들에게 과하게 말하거나 행동하지는 않았을까 되돌아봤다.

이러한 생각에 종지부를 찍은 건 서른이 다 되어서였다. 어디에서나 외로웠다. 가족이나 친구들 사이라도 마찬가지였다. 발 크기보다 작은 사이즈의 신발을 신은 것처럼, 사람들과 어울려 있는 시간은 나의 마음을 옥죄었다.

셀 수 없이 많은 관계에서 실수를 저지르고 나서야 나는 알게 됐다. 친구와 의견 차이로 멀어지기도 하고, 전혀 다른 성향이라고 생각했던 친구와 우연한 계기로 가까워지기도 하는 경험들이 가까운 사이가 되기 위한 자연스러운 과정이라는 것을.

관계는 서로의 마음을 온전히 꺼내어 보일 수 있을 때 맺어진다. 그동안 내가 가깝다고 믿었던 관계들은 가까운 형태를 유지했을 뿐, 결코 가깝지 않았다. 내면에서 어떤 생각이나 감정이 들 때마다 자기 검열을 했다. 그 생각이나 감정을 말이나 행동으로 표현함으로써 상대방과의 관계를 깨트리지는 않을까 하는 염려 때문이었다.

한 사람을 알아가는 것은 그 사람을 여행하는 일과 같다. 우리가 여행을 준비할 때를 생각해보자. 인터넷이나 책, 주변 사람들로부터 정보를 얻어가며 꼼꼼하게 여행을 준비했다 해도 막상 여행지에 가면 예기치 못한 상황들에 직면하게 된다. 당연한 이야기이다. 몇 장의 사진과 후기만으로 어떻게 실수 없이 여행을 다녀올 수 있을까.

관계도 마찬가지이다. 누군가에 대해 평소 가졌던 생각이나 주변 사람들의 평판으로는 그 사람이 누구인지 알 수 없다. 다가가서 말도 걸어보고, 밥도 같이 먹어 보고, 무엇보다 서로가 다름을 확인하는 일을 두려워하지 않고 서로에게 한 걸음씩, 낯선 곳을 여행한다는 마음으로 알아가야 진정한 관계를 맺을 수 있다.

그 사람으로의 여행이 평생 이어지면 좋겠지만, 단기간에 끝날 수도 있다. 그럼에도 여행이 끝날 수 있다는 것을 미리 걱정하지 않았으면 한다. 여행을 하는 순간만큼은 서로에게 최선을 다했고, 진실했으니까.

만약, 중학교 3학년 때로 돌아간다면 친구들에게 무기력한 나의 상태를 설명해보고 싶다. 이전과 다른 모습으로 보일 수 있다는 것을 알리고, 너희가 싫거나 멀어지고 싶어서 무표정하게 있는 게 아니라는 말을 건네고 싶다.

앞으로는 어깨를 펴고, 허리를 꼿꼿이 세우고 다니고자 한다. 처음 만나거나 불편한 사람 앞에서도 애써 웅크리지 않으려고 한다. 사람들에게 낮춰 보이고자 했던 노력들은 내 진심이 아니었으니까. 가까워지기 위한 노력이었으나, 올바른 방법은 아니었으니까.

소박한 간식에 담긴 마음을 물어봐 주세요

지수라는 동료가 있었다. 그는 간식을 나누어주는 걸 좋아했다. 자신이 구입한 간식이 사무실에 도착하면 동료들의 자리로 찾아가 웃으며 직접 건네주고는 했다. 수줍은 표정과 뒤로 갈수록 작아지는, 맛있게 먹으라는 그의 목소리는 여전히 생생하다.

하루는 간식을 나눠주는 지수에게 안부를 물은 적이 있다. 조금은 어렵게 지낸다는 그의 말에 나는 관심을 갖고 물음을 이어갔다. 그러던 중 간식을 나누어주는 것에 대한 얘기가 나오게 됐다. 문득, 지난번에 간식을 건네는 지수의 모습을 보며 그에게 필요한 건 따스한 눈길이 아닐까 생각했던 게 떠올랐다. 나는 지수에게 말했다. "간식을 나누어주는 것도 하나의 표현 방식이라고 생각해요. 지금 겪는 어려움을 나누고 싶은 마음인가 봐요."

지수는 내 얘기를 들은 그 자리에서 눈물을 보였다. 단숨에 이목이 집중됐고 옆자리에 있던 동료 가영은 "왜 울리고 그래요."라며 웃음기 섞인 목소리로 핀잔을 주었다. 당황했던 나는 어리둥절한 표정을 짓다가 편의점으로 달려가서 손에 잡히는 대로 간식을 구입했고, 지수에게 주며 사과했다. 괜찮다고 대답했던 지수와는 그럭저럭 지냈고, 내가 한 달 뒤에 퇴사하는 바람에 그의 안부를 가끔 궁금해 하는 것으로 관계가 정리됐다.

사람들은 모두 저마다의 방식으로 표현한다. 정답은 없다. "표현하는 게 어려워 고민이에요."라는 사람에게 이렇게, 저렇게 표현해보라는 조언이 크게 도움이 되지 않는 이유이기도 하다. 나는 상대방이 기분 나빠할 수 있는 얘기를 잘 꺼내지 못하는 편이었다. 잘 지내고 있는데 굳이 그와 다를 수 있는 내 생각이나 감정을 얘기하여 생길 수도 있는 불편한 상황을 만들고 싶지 않았기 때문이다. 굳어가는 상대방의 얼굴과 차가워지는 공기, 적막 속에 흐르는 긴장감은 상상만으로도 심장을 뛰게 만드니까.

　그러나 나의 방식은 나도, 상대방도 괜찮지 않게 만들었다. 나는 나대로 답답해했고, 그들은 그들대로 불편해했다. "뭐 먹을까?"라고 물어보는 친구에게 한결같이 "너 먹고 싶은 거."라고 대답하는 누군가를 떠올려보면 쉽게 이해될 거다. 나는 내 목소리를 쉽게 드러내지 못했다. 솔직한 마음을 꺼내 보였을 때 기대한 만큼의 반응이 돌아오지 않을까 봐 마음속 깊은 곳으로 숨었다. 마음은 나누었을 때 그 의미를 더한다지만 나는 감추기에 급급했고, 누군가가 곁으로 다가오기를 바라면서 그 누구도 다가올 수 없는 나만의 울타리를 세웠다.

　돌이켜보면, 나누어주는 행동은 나에게도 중요한 표현 방법이었다. 대학교 1학년 때, 나는 껌을 달고 살았다. 껌을 씹는 게 좋기도 했지만, 껌을 찾는 친구들에게 나누어주기 위한 목적이 더욱 컸다. 술에 한창 눈을 뜨던 스무 살이었으므로 껌만큼 취기를 달래줄 간편한 식품은 드물었으니까. 하지만 껌보다 중요했던 것은 껌을 준비할 만큼 친구들과 가까워지고 싶은 나의 마음이었다. 단지 그 마음을 표현하는 데 서툴렀기에 껌을 준비했고, 내 마음을 나누는 데 간접적인 도움은 받았지만 내가 실제로 그들을 아끼고 좋아하는 마음을 전하지는 못했다.

우리는 일상에서 나누는 걸 좋아하는 사람을 한 번씩 만나곤 한다. 그 사람들이 주는 소박한 나눔의 참뜻은 묻기 전에는 알 수 없기에 한번쯤 관심을 기울여보는 건 어떨까. 어쩌면 나처럼 자신의 마음을 알아주기를 바라는 마음이 전하는 나눔 속에 담겨있을지도 모르니까. 그 나눔을 받으며 건네는 진심 어린 안부의 말이 어쩌면 서로를 더욱 가까워지게 만드는 계기가 될지도 모르니까.

살갗을 부딪치며 전하는 위로

―――――

"수호야, 뭐해?"

―――――

정호가 다니는 회사에는 여름마다 일감이 몰린다. 그래서일까. 우리가 자주 만나는 계절도 여름이다. 이른 저녁, 정호에게 전화가 왔다. 아직 집에 들어가지 않았으면 한잔하자고 했다. 논문 작성으로 매일을 필사적으로 살아가는 나에게 한잔은 사치처럼 느껴졌다. 홍제천에서 만난 우리는 벤치에 나란히 앉아 대화를 시작했다.

"일이 몰려서 요즘 너무 힘들어." 정호는 일이 많다고 하소연했다. 일도 일이지만, 조정해줄 생각이 없는 상사 때문에 울화통이 터질 것 같다고 했다. 봄의 끝자락, 여전히 세찬 하천의 물줄기처럼 정호는 이야기를 쏟아냈다. 근무한 지 8년이 되어가고, 직급도 있지만, 해를 거듭할수록 과중되는 업무에 대한 부담은 정호가 충분히 힘들 거라는 걸 예상하게 했다.

정호의 말을 들으며 '그만두면 해결되지 않을까?'라는 생각이 들기도 했다. 비슷한 고민을 여름마다 반복하고 있었기 때문이다. 한편으로는 '상사와 담판을 지어보는 건 어떨까?'라는 생각이 들었다. 그만둘 수 없다면 상사에게, 안 통하면 더 높은 상사에게 말해서라도 조정할 필요가 있어 보였기 때문이다.

다만, 생각을 입 밖으로 꺼내지 않았다. 생각은 생각대로 접어두고 정호의 말을 들어주었다. 정호가 나에게 무엇을 기대하는지 알 것만 같았기 때문이다. 며칠 전, 한 친구에게 고민을 털어놓았었다. 논문 작성의 어려움에 대해서였다. 친구는 학부를 논문 없이 졸업했기에, 논문 과정을 잘 모를 거라는 걸 알고 있었지만 이야기하고 싶었다. "아무튼 그래."라며 푸념을 끝낸 나에게 친구는 "빨리 끝내야겠네."라고 대답했다.

친구의 말이 논문을 작성하는 내내 떠올랐다. 낮에 들

었던 그 말이 밤이 되도록 귓가에 생생하게 맴돌았다. 노트북 화면을 공허한 눈빛으로 쳐다보며 '아무도 내 마음을 몰라줄 거야.'라고 생각했다. 슬픈 마음으로 한참을 침대에 앉아 있다가 하루 내 마음이 불편했던 이유가 문득 떠올랐다. 기대했었다. 내가 겪는 어려움을 가만히 들어주며 "와, 진짜 고생 많네."와 같은 말을 친구가 해주기를 바랐다.

친구에게 하소연하던 행동 이면에는 내가 기대하던 모습이 있었다. 그 모습은 내가 하는 말에 조언을 하거나 판단하는 게 아닌, 그저 묵묵히 들어주는 것이었다.

여름이 지나면 정호가 다시 활기차게 직장에 다닐 거라는 믿음이 있었다. 늘 그래 왔으니까. 비록 여름마다 반복되는 고민이라 할지라도, 그 고민의 정도가 매년 같지는 않을지라도, 가을이 오면 정호는 자신의 일상을 기꺼이 살아갈 것이다. 가뭄으로 마른 하천이 쏟아지는 가을비에 세찬 물줄기를 되찾을 것처럼.

정호를 위한 나의 역할은 힘들었던 직장 일에 대해 들어주는 것이었다. 그 이상으로 내가 해줄 수 있는 일도, 그가 바라는 일도 없을 테다. 나의 끄덕임이, 눈빛이, 침묵이 정호에게 도움이 됐기에 여름이 오면 나를 찾아오는 게 아닐까. 자리에서 일어나며 정호의 어깨를 토닥여주었다. 쑥스럽고 낯부끄럽기는 했지만 효과는 분명할 거라 생각했다.

"살갗을 부딪치며 전하는 표현보다 더 좋은 표현은 없는 것 같아."

일주일 전이었던가. 주오는 말했다. 포옹처럼 피부로 전하는 표현이 사람에게 큰 위로를 주는 것 같다고. 주오의 말을 들으며 고개를 격하게 끄덕였다. 살갗을 부딪치며 전하는 표현보다 더 좋은 표현이 있을까. 어설프게 꺼내는 공감의 말들보다 한 번의 진한 포옹은 지금의 나로서 충분하다는, 괜찮다는 메시지를 깊이 전하니까.

돌아오는 여름, 혹은 이번 여름에 다시 정호를 만나게 되면 포옹을 해주어야겠다. 쌓여있는 마음의 먼지를 털어내고, 비어있는 그 자리에 무수히 많은 말보다 한 번의 포옹이 정호를 향한 나의 마음을 선명하게 전해줄 거라는 기대와 믿음으로.

돈이 조금 떨어지면 어때,
하던 일을 조금 덜 열심히 하면 어때,
기어코 바라던 내가 되지 못하면 어때.

괜찮아, 괜찮아, 괜찮아.
한 번 떠나보자.
아무렴 어때.
여행만큼 지금의 너를 즐겁게 할 수 있는 일이 있을까?
설레고, 두근거리는 일이 있을까?
조금만 더 용기를 내보자.

너는 언제든 떠날 준비가 되어 있어.
부족한 게 있다면,
지금 당장 떠나도 괜찮다는 믿음일 거야.
하늘을 올려다 봐봐.
조금만 더 천천히, 자세히, 가만히.

하늘은 여전히 푸르고,
바람이 불고,
잎사귀가 재잘거리고,
그 곁을 고스란히 걷고 있는 너는
비로소 떠날 준비가 되어 있어.

누군가 살아가는 이유를 묻는다면

나는 가끔 왜 사는 가에 대한 질문을 스스로에게 던져 보고는 한다. 정확하게는 '왜 살아야 하는가?'이다. 이 물음에 답하기 위해 나는 나만의 삶의 의미를 찾으려고 노력했다. 하루는 주변의 소중한 사람들이 살아가는 이유라고 대답했다. 또 하루는 새로운 나를 발견하고 알아가는 경험들이 살아가는 이유라고 대답했다. 하지만 뒤돌아서서 일상을 살아가다 보면 나는 마치 처음 하는 질문처럼 스스로에게 물었다. '나는 왜 살아야 할까?'

동료 세 명과 함께 점심을 먹는 자리였다. 우리는 편의점에서 산 음식을 가지고 둥글게 모여 앉았다. 자신의 음식을 저마다 열심히 먹던 그 순간, 감도는 침묵을 틈

타 또다시 질문이 떠올랐다. '나는 왜 살아야 할까?' 가벼운 마음으로 동료들에게 물어보았다.

> "제가 진짜 궁금해서 그러는데 저는 아직 답을 찾지 못했거든요. 그런데 혹시 선생님들은 살아가는 이유가 있나요?"

헛웃음을 지을 거라는 예상과는 다르게 진지한 모습으로 고민하는 동료들이었다. 생각에 잠긴 세 사람 중 먼저 입을 연 것은 동료 A였다. "저는 제가 이루고 싶은 이상적인 모습이 살아가는 이유이자 목표예요." 동료 A에게는 자신이 원하는 자기만의 모습이 있는 것 같았다. 이어서 동료 B가 대답했다. "저는 그냥 사는 것 같아요. 사니까 사는 거예요." 그는 자신의 대답을 설명하기 위해 말을 이어갔다. "살아가기 위해 저는 크게 기대할 일을 만들지 않는 것 같아요. 기대가 클수록 실망도 크니까요." 동료 B의 말이 끝나자 동료 C가 그의 말을 받았다. "기대를 안 하려고 노력하며 산다니, 저에게는 슬프게 들리네요." 동료 C는 이어서 자신의 생각을 대답했다. "저는 태어났으니까 사는 것 같아요. 삶에 큰 의미를 두거나 찾지는 않았던 것 같아요. 다만, 저의 삶으로 다가오는 순간들을 깊이 있게 살아가기 위해 노력하는 편이에요."

동료 C의 대답을 들은 나는 온몸에 전율이 일어나는 게 느껴졌다. 그는 깊이 있게 살아가기 위해 노력한다고 했다. 나에게는 그 말이 기대할 일이 생겼을 때 마음껏 기대하고, 실망할 일이 생겼을 때 마음껏 실망한다는 의미로 들렸다. 실망할 수 있는 상황이 염려되어 기대하지 않는 것이 아니라, 기대는 기대대로 실망은 실망대로 하며 살아가는 것이 그에게는 살아가는 이유 중 하나였다.

나의 삶을 되돌아보았다. 나는 마음껏 기뻐하고, 슬퍼하고, 우울해하고, 즐거워하고, 불안해하고, 안도했을까. 아니었다. 나 또한 동료 B처럼 스스로 아파할 것을 두려워하며 마음으로 다가오는 순간의 경험들에 충실하지 못했다. 하지만 작은 일에도, 그러니까 점심 메뉴로 고기가 나온다고 하여 입맛을 다시며 기대하다가, 기대에 못 미치는 맛으로 미간을 찌푸리며 실망한다니. 그럴 수 있다니. 크게 요동하지 않고 덤덤하게 살아가는 것이 삶의 미덕이라고 믿었던 나의 가치관에 금이 가는 것이 느껴졌다.

나에게는 별명이 돈가스인 친구가 있다. 굳이 설명하

지 않아도 그가 돈가스를 좋아하는 친구라는 걸 누구나 알 수 있을 것이다. 그는 배가 고플 때 가만히 있는 것이 어렵다고 했다. 그래서 옆에 있는 사람들에게 "배고파."라는 말을 끊임없이 꺼낸다고 했다. 그의 얘기를 처음 들었을 때는 '솔직한 친구' 정도로 생각했다. '나는 마음속에 감추어두는 편인데……'라는 생각을 덧붙이면서. 그런데 동료들과의 대화를 통해 나는 친구가 단순히 솔직한 사람이 아니라 '자신의 마음에 솔직한 사람'이라는 것을 깨달았다. 그때그때 느껴지는 감각이나 마음을 알아주고 스스럼없이 표현할 수 있는, 친구는 그런 사람이었다.

만약, 누군가 지금 나의 마음이 어떠한지 묻는다면 나는 슬프다고 대답할 것이다. 앞날이 보이지 않아서, 다가오는 내일이 두려워서 도망치고 싶은 마음이라고 설명하면서. 일도 하기 싫고, 누군가와 만나기도 싫고, 공부하기도 싫고, 이미 하기 싫은 것 투성이지만 해내고자 애쓰는 나는 더더욱 싫다.

물러서고 싶다. 주저앉고 싶다. 그럼에도 불구하고 기꺼이 살아가야 한다면 나는 오늘, 이 밤을 마음껏 슬퍼해야겠다. 울어야겠다. 흐르는 눈물을 애써 감추지 않은 채, 마음이 알려주는 슬픔의 의미가 무엇인지 가만히 헤아려보아야겠다. 어쩌면 이 시간이 살아가는 이유가 되어주지는 않을까.

우리 모두는 누군가를 필요로 한다

상담을 마치고 미용실에 간 날이었다. 담당 선생님은 웃으며 요즘 날씨가 좋아졌다고 했다. 춥다는 사람들도 있지만 황사나 미세먼지가 없어 좋다는 말을 덧붙이면서. 날이 좋은데 어디 안 가냐고 그는 물어보았다. "오늘이요?"라고 되묻자 "네."라는 대답이 돌아왔다.

담당 선생님과는 두 번째 만남이었지만 나의 사정을 설명했다. "제가 대학원생이고 지금 논문을 쓰고 있어요."라고. 그는 대뜸 죄송하다는 말을 몇 차례 반복했다. '논문 쓰는 걸 사람들은 어떻게 생각하는 걸까?'가 궁금해지는 순간이었다.

그는 빗과 가위로 머리카락을 다듬으며 말을 이어갔다. "상담사들은 사람들의 어려움을 들어주는 일을 하는데, 자신이 심적으로 어려울 때는 어떻게 해결해요?"라고. 나는 "산책이나 운동을 하며 노력하지만 저도 늘 고민이에요."라고 대답했다. 그는 미용사들도 자신의 머리를 스스로 자르는 데에는 한계가 있다고 했다. 어떻게든 자를 수는 있지만 대부분 다른 선생님의 도움을 받는다고. 특히 시술의 경우는 스스로 하기가 더 어려운데, 상담사는 또 얼마나 어려울지 상상이 안 간다고 말했다.

맞는 말이었다. 상담실 안에서 누군가의 어려움을 듣고, 그의 입장에서 이해하기 위해 노력하고, 솔직한 마음을 전달하거나, 공감하기 위해 애쓰는 상담자 또한 누군가의 도움이 필요할 때가 있다. 혼자 보내는 시간만으로 어려움을 덜어내기도 하지만, 때로는 누군가의 도움이 절실하다. 나는 그런 순간을 '빨간불'이라고 부른다.

주행하던 차량이 주황불을 보면 서서히 속도를 줄인다. 빨간불이 되기 전에 차선 앞에 멈추기 위함이다. 나에게 요즘 빨간불은 무기력한 상태이다. 일상이 멈추어 버리기 때문이다. 하던 일을 멍하니 바라보며 '이거 해서 뭐해?'라는 생각까지 들면 빨간불이 이미 켜진 상태나 다름없다. 행동을 멈추라는 강력한 신호 앞에 나는 침대에 가서 눕거나, 시간을 까먹는 행동을 하며 자학을 시작한다.

주황불이 켜졌다는 걸 알았다면 어느 정도 조절이 가능하다. 가벼운 운동이나 산책, 음악을 들으며 쉬다 보면 희미한 초록빛을 발견할 수 있다. 하지만 주황불이 켜진 줄도 모르고 '해야 한다.'는 생각만으로 스스로를 압박하다 보면 기어코 무기력의 늪에 빠져버리고 만다. 누군가의 도움이 필요한 시점은 바로 이때이다. 빨간불이 나를 완전히 집어삼키기 전에 나는 나와 일상을 나눌 수 있는, 그런 대화가 가능한 한 사람을 찾는다.

주현이는 나와 닮은 구석이 많은 친구이다. 하나를 설명하면 마치 열을 알아줄 것 같은 그런. 그에게 안부 인사와 같은 메시지를 보내 놓으면 이윽고 전화가 걸려 온다. 그 또한 나와 같은 대학원생이기에 전화를 거는 데 거침이 없다. 우리는 언제나 "하기 싫다."라는 말로 대화를 시작한다. 평소에는 어른스러워 보인다는 말을 자주 듣는 나이지만, 그와의 대화에서는 코흘리개가 된다.

때로는 10분이 되기도 하고, 때로는 한 시간을 넘기기도 하지만 대화의 결론은 언제나 "함께 잘 견뎌보자."이다. 마땅한 돌파구도, 뚜렷한 해결책도 없이 우리는 하소연을 늘어놓는다. 다만, 끝맺음을 할 때에는 '함께'라는 메시지를 서로에게 전한다. 그와 통화하기 전까지 나는 분명 혼자라고 생각했다. 주변에는 물론 많은 사람이 동시에 살아가고 있지만, 무기력할 때에는 그들의 존재가 결코 떠오르지 않았으니까.

  하지만 대화 속에서 우리는 혼자가 아니라는 사실을 깨닫는다. 이러한 깨달음이 빨간불을 초록불로 바꾸지는 못 한다. 한 번의 짧은 대화로 에너지 넘치게 일상으로 복귀하는 일은 여전히 어렵기 때문이다. 그렇지만, 주황불이 켜졌다는 걸 이내 발견한다. 나의 무기력을 인식하고, 돌볼 수 있는 상태가 된 것이다. 그와의 대화 속에서 얻은 게 있다면 그의 이해와 공감도 물론 있겠지만, '내가 이토록 힘들었구나.' 하는 깨달음이다.

  자기 스스로의 마음을 충분히 알아주는 것만으로도 치유는 시작된다. 나를 돌보기 위한 시간을 보낸다는 건 하기 싫은 일을 미루거나 회피하는 것과는 다르다. 컴퓨터를 오래 사용하면 과부하가 걸리듯 사람도 열심히 하는 데에는 저마다의 한계가 있기 마련이다. 한계에 도달하기 전에, 그러니까 빨간불이 켜지기 전에 내가 진심으로 원하고, 필요로 하는 것을 한다는 건 '더 열심히'를 위한 구체적인 노력이다.

혹 무기력한 상태가 이어지고 있다면, 심적인 어려움으로 일상을 유지하기 어렵다면, 한 사람을 찾아보라고 권유하고 싶다. 그 한 사람의 목소리가, 응원이, 관심이 어려운 일상을 견디고, 버티며, 기꺼이 살아내게 하는 힘이 되어줄 것이다. 우리는 모두 나의 옆에서, 너의 곁에서 함께 살아가는 한 사람이니까.

기꺼이 좋아하게 만드는 대화

"선생님. 그럼 동영상 채널을 만들어볼까요?"

각자의 모니터를 바라보며 나란히 앉은자리에서 은수는 말했다. 밤으로 접어드는 오후 7시. 여름이기에 날은 여전히 쨍쨍했고 사무실의 형광등 불빛은 뙤약볕이 그리울 만큼 차가웠다. 우리는 얼마 전 한 모임에서 동영상 채널 개설에 대해 나누었다. 함께 운영해보면 어떨까에 대한 이야기였다. 상상력이 풍부한 사람들의 모임이었던 만큼 다양한 아이디어가 나왔다. 그중에는 내가 평소에 '해 보고 싶다.'라고 생각했던 잡다한 아이디어가 포함되어 있었다.

"오. 재미있겠는데요? 동영상으로 한 번 만들어보는 건 어떠세요?" 꺼내는 아이디어, 아니 공상에 가까운 얘기들마다 은수는 흥미롭다는 듯 반응했다. 머릿속에만 담아뒀을 때는 사람들의 관심을 얻을 만한 내용이 아닐 거라고 생각했다. 누군가 이미 만들었을 것 같은, 특별함이라고는 조금도 찾아볼 수 없는 내용일 거라 앞서 판단했기 때문이다. 그런데 마치 더 얘기해보라는 듯한 은수의 반응은 나를 신나게 했고, 말을 너무 많이 한 나머지 어지러운 느낌까지 들게 했다.

은수와 '상상'에 대해 나누는 대화가 즐거운 나머지 하루는 뮤직비디오에 가까운 영상의 아이디어가 떠올랐다. 이별을 준비하는 남녀의 시선을 담은 내용이었다. 시험 준비와 논문으로 지쳐있던 시기였다. 무언가를 '해야 한다.'는 생각만으로도 숨이 막혔고, 흐르는 눈물을 닦으며 '해내고' 있었다. 하지만 상상하는 시간만큼은 달랐다. 일상 곳곳에서 어떻게 찍으면 좋을지에 관한 아이디어가 샘솟았다. 산책하며 영상의 촬영 장소를 평일 한낮의 공원으로 선정하기도 하고, 시험공부를 하다가 좋아하는 곡으로 BGM을 결정하기도 하고, 저녁밥을 먹다가 남자의 시선으로 시작하여 여자의 시선으로 끝나는 전체적인 스토리를 구상하기도 했다.

누군가 시킨 일도 아니고, 해야 하는 일도 아니었다. 마음이 끌리는 일이었다. 멈출 수 없었고, 멈추고 싶지도 않았다. 웃음이 새어 나왔다. 두근거렸다. 적극적으로 상상하던 나는 분명 베란다에서 하늘을 올려다보던 수동적인 모습과는 달랐다. 창문 하나를 앞에 두고 거리를 거니는 사람들을 부러워하던 나는 온데간데없이 사라졌다. 창밖 사람들 틈에서 제 길을 걷는 듯한 기분이 들었다. 산책이나 시험공부, 식사할 때에도 분명 혼자였지만 혼자가 아닌 듯한 마음이 들기도 했다. 돌이켜보면 다음 주에 만날 은수가 "오. 직접 한 번 만들어보는 건 어떠세요?"와 같은 반응을 해줄 거란 믿음 때문이었는지도 모르겠다.

그런 은수가 동영상 채널을 만들어보자고 말했다. 그 말을 사무실에서 다시 들었던 나는 주저했다. '잘 만들 수 있을까?' 하는 걱정 때문이었다. 은수의 제안에 '잘 안 되면 어떡하지?'라는 생각이 먼저 들었다. 구독자 수나 조회 수가 전혀 늘지 않은 채로 채널을 마감하는 극단적인 상황까지 상상하고 나니 "해보자."는 대답을 선뜻하기 어려웠다. 하지만 은수의 제안이 있고 일주일도 채 지나지 않아 노트에는 다양한 아이디어가 적혔다. 노트 상단에는 다급한 마음을 반영한 듯 삐뚤빼뚤한 글씨로 '동영상 아이디어'라고 쓰여 있고, 아래에는 스무 가지에 이르는 상상이 들어서 있다.

좋아하는 일을 한다는 건 해야 한다는 생각보다 크다. 우리가 의식하기 전에 마음이 벌써 그 일을 시작하고 있기 때문이다. 동영상 채널을 운영한다는 건, 분명 크나큰 부담과 어려움을 따르게 할 것이다. 어쩌면 염려한 대로 몇 주 되지 않아 동영상 만드는 걸 그만둘 수도 있다. 그러나 이제는 멈출 수가 없다. 해 보고 싶기 때문이다. 상상에 머물던 나의 아이디어들에 사람들은 어떤 반응을 보일까. 그가 보였던 반응처럼 흥미로워할까.

좋아하는 일조차 때로는 해내야 하는 경우가 물론 있다. 아무리 좋아하는 일이라도 처음 시작할 때의 순수한 마음을 꾸준히 유지한다는 건 분명 어려운 일이니까. 동영상 채널을 만들어 운영하는 일은 '좋아해 보고 싶은 일'에 가깝다. 좋아해 보고 싶은 이유는 역시 상상을 나누던 은수와의 대화에 있다. 은수와의 대화가 즐거웠기에, 은수와 만나 나눌 대화가 상상만으로도 설레기에 동영상 아이디어가 쏟아지는 게 아닐까.

내가 가장 좋아하는 일은 역시 글쓰기이다. 펜을 들면

'써야 한다.'는 생각보다 '쓰고 싶다.'는 생각이 앞선다. 사람들의 적은 반응에 실망하기도 하고, 잘 써지지 않아 좌절했던 날이 만족스러웠던 날보다 많다. 그럼에도 불구하고 나는 쓴다. 널브러져 있던 펜을 바르게 잡고 쓰이는 글자에 마음을 담는다. 좋아하는 일이란 고통스러운 시간이 이어져도 거짓말처럼 다시 하고 있는 일이 아닐까. '포기할까?'를 끊임없이 고민하게 하다가도 이내 다시 시작하게 만드는. 나에게 그런 일이 하나 더 있다면 그건 마음이 맞는 사람과의 대화일 것이다.

나는 외골수가 되고 싶다

직장인이라면 누구나 하루 한 번 위기를 겪는다. 퇴근까지 무탈하기를 바라는 게 우리 마음이지만 어김없이 뒤흔들리는 순간이 찾아온다. 바로, 점심 메뉴를 정하는 시간이다. 나이가 어릴수록, 연차가 적을수록, 직급이 낮을수록 메뉴 선정의 시간은 고되기 그지없다. 조직마다 점심시간 분위기는 다르겠지만 공적인 관계에서 메뉴를 정하는 일은 유독 어렵게 다가온다.

"어떤 음식을 먹는 게 좋을까요?" 동료 네 명이서 식사할 기회가 있었다. 배달 음식을 먹자는 의견에 동의한 네 명이서 머리를 맞대고 점심 메뉴를 고민하기 시작했다. 하지만 의견을 선뜻 내는 사람이 없었다. 나는 먹고 싶은 음식을 먼저 얘기하기보다는 사람들의 의견을 따르는 편이었으므로 머뭇거렸다. 침묵의 시간이 길어질수록 그들도 나와 크게 다르지 않다는 걸 깨달았다. 돌아가며 먹고 싶은 음식이 있는지 물어도 돌아오는 대답은 "글쎄요."였다.

질문을 달리 해보았다. "그렇다면 먹기 싫은 음식에는 어떤 게 있나요?" 그러자 한 사람씩 평소 싫어하거나, 그날 먹기 싫은 음식을 얘기해 주었다. 중식, 토스트, 샌드위치, 해물이 들어간 음식이 메뉴에서 제외됐다. 그러나 뺀 음식보다 주문할 수 있는 음식의 수가 여전히 많았다. 어느 누구도 선뜻 말을 이어가지 못할 때, 어젯밤 입맛을 다시게 한 음식들을 조심스레 떠올렸다.

나는 배불리 먹는 걸 좋아하지 않는다. 가볍게 소화할 수 있는 음식을 선호한다. 맵거나, 짜거나, 기름진 음식처럼 비교적 소화하는 데 오래 걸리는 음식은 특히 적게 먹는 편이다. 그렇다 보니 사람들에게 음식을 먹다만 사람처럼 보이기도 하고, 맛없게 먹는 사람으로 불리기도 한다. 한편으로는 함께 먹을 사람들의 선호를 생각했다. 그들의 평소 취향을 고려했을 때, 여러 음식을 펼쳐 놓고 배불리 먹기보다는 가볍게 먹는 걸 선호하는 듯했다.

여전히 말을 곧장 꺼내기 어려워하는 나는, 샌드위치나 냉모밀이 먹고 싶었다. 이것은 나의 취향이기도 했고, 그들도 좋아해 줄 거라 생각했다. 하지만 의견을 먼저 얘기해야 하는 순간이 찾아오니 선뜻 말을 꺼내기 어려웠다. '내가 말한 메뉴를 싫어하면 어떡하지?'보다 '싫어하는 메뉴인데 싫다고 말하기 어려워하면 어떡하지?'가 더 걱정이었다. '싫다'는 말은 나에게 숙제와도 같은 표현이다. 싫은 것을 싫다고 말하기 어려워하기에 나는 어디에서도, 언제라도 '좋다'는 말이 앞서는 사람이 됐다.

그래서일까. 언젠가부터 "싫다."라고 말하는 사람들이 편하게 느껴졌다. 그들의 흔쾌한 거절이 나에게도 거절해도 괜찮다는 메시지로 다가오기 때문이다. 완벽한 연기가 아니라면 사람들의 선호는 온몸으로 드러난다. 좋아하지 않거나, 덜 당기는 메뉴를 제안하는 동료의 말에 거절하지 못해 "그래."라고 대답하는 상황에서도 우리의 말투나 표정, 자세 등은 "아니."라고 대답하고 있을지 모른다.

때때로 거절하지 못해 좋다고 말하는 내가 사람들에

게 불편한 모습으로 비치진 않았을까. 용기 내어 제안한 사람에게 곤란함을 느끼게 하는.

최근, 현수와 나눴던 대화가 생각난다. 착하게 보이고자 애쓰는 사람보다는 차라리 외골수처럼 보이고 싶다고. 그의 말에 전적으로 수긍했다. '외골수'라는 단어를 강조하던 그를 향해 세차게 고개를 끄덕였으면서 나는 또다시 착한 척의 굴레 속으로 들어갔다.

외골수가 되고 싶다. 사람, 상황, 환경을 고려할 수밖에 없는 게 우리의 삶이라지만 적어도 스스로의 마음을 알아주기로는 동네 최고의 외골수로 불리고 싶다.

상담을 하다 보면 내담자가 사용하는 단어의 의미를 묻곤 한다. 일반적으로 사용하는 단어라도 저마다 내리는 정의가 다르기 때문이다. 누군가 나에게 위에서 사용한 외골수의 의미를 묻는다면 나는 습관대로 살아가는 것이 아니라 내면에서 세상으로 나아가길 원하는 욕망이나 감정, 느낌 등에 스스로 솔직해지는 걸 의미한다고 대답하고 싶다.

잔뜩 힘이 들어간 모습으로 살아가고 있다. 착한 사람

처럼 보이고 싶지 않다면서, 먹고 싶은 메뉴조차 입 밖으로 꺼내기 어려워한다. 스스로의 마음을 외면하는 일은 결국 상대방의 마음을 외면하는 일과 다름없다. 아니라고 해도, 어쩔 수 없는 상황이었다고 해도 원치 않는 음식을 먹는 사람의 마음이 편치는 않을 테니까. 그날의 시간이 하나의 추억으로 기억될 가능성은 적을 테니까.

나는 내가 가진 개성을 은은하게 드러내며, 내면으로 품고 있는 지극히 개인적인 것들을 모두 보여줄 수는 없을지라도 스스로 외면하지 않고, 따스하게 지켜보며, 수용할 수 있는 그런 내가 되고 싶다. 만약, 동료들과의 점심시간이 다시 한번 찾아온다면 나는 샌드위치나 냉모밀을 먹는 건 어떨지 먼저 묻고 싶다. 샌드위치가 별로라고 하는 동료의 대답을 듣기도 하고, 매운 음식을 먹자고 하는 동료의 의견에 거절도 하며, 음식보다 중요한 동료들과의 시간을 진실한 마음으로 나누어보고 싶다.

겉으로 보이기엔 결코 나답지 않겠지만 마음으로 비추어 보기엔 그 어느 때보다 나 같은 모습일 때, 스스로를 외골수라고 부를 수 있지 않을까. 기어코 달라진 솔직한 내 모습에 누군가는 또한 나에게 외골수 같다고 말하지는 않을까. 외골수라는 호칭이 익숙해질 때면 처음 만나게 되는 사람들에게 '수호'로서 다가갈 수 있지는 않을까.

알고 있었다.
나에게 필요했던 건 멈추어 '섬'이었고,
제 자리에 주저앉아
그 섬에서의 '쉼'을 바랐다.

쉼이란 마음 가는 대로 삶을 놓아두는 시간을 의미한다.
마음은 타인의 시선이나 기대에 따라 움직이지 않는다.
스스로에게 하지 못한 말들은 마음의 언어를 대변하기에,
내일을 앞둔 '나'이지만 흐르는 하천의 반짝이는 불빛을
하염없이 바라보며 쉬어볼까 한다.

좋은 사람 곁에
좋은 사람이 남는다

초판 1쇄 발행 2022년 1월 24일

지은이　　김수호
펴낸이　　김동혁
편집인　　윤수빈
기획팀　　서가인
디자인　　서승연

대표전화　010-7566-1768
출판등록　2019년 8월 19일 제406-2019-000089호
주　　소　경기도 파주시 탄현면 헤이리마을길 21-7 3층
전자우편　wjddud0987@naver.com

ISBN　　979-11-974725-8-9 (03810)